# Agne: Na Mente de Uma Narcisista

## Rowan Knight

Published by 22 Lions Bookstore, 2019.

# Sumário

# Direitos Autorais

---

1.    http://www.22Lions.com

# Sobre a Editora

S obre 22 Lions Bookstore:
www.22Lions.com[1]
Facebook.com/22Lions[2]
Twitter.com/22lionsbookshop[3]
Instagram.com/22lionsbookshop[4]
Pinterest.com/22lionsbookshop[5]

---

1.    http://www.22Lions.com

2.    https://www.facebook.com/22lions

3.    https://twitter.com/22lionsbooks

4.    https://www.instagram.com/22lionsbookshop

5.    http://pinterest.com/22lionsbookshop

# Introdução

"Eu não quero perder você e não sei o que fazer. Este relacionamento foi uma bagunça o tempo todo e nunca, nunca funcionou. E eu sei que foi por minha culpa. Foi e ainda é só minha culpa. Minha culpa que você é infeliz, minha culpa que ainda não estou madura o suficiente, e minha culpa por todas as provocações" (Agne).

Estas foram algumas de suas últimas palavras. E ainda assim, "algo dentro de nós simplesmente morre quando confrontamos o espírito em que um narcisista faz o que faz. É um confronto com a pura vontade para o mal. Você fica na beira do abismo e olha para dentro em sua alma e vê que não há fundo" (Kathy Krajco). Em qualquer relacionamento com tais personalidades, você entra numa batalha perdida por um amor impossível, no qual a fé e a esperança são esmagadas em pedaços.

Tal foi também o caso de Agne. E esta é a sua verdadeira história, revelando suas palavras e pensamentos, que sua própria família nunca foi capaz de compreender. Tantas vezes ela enganou os outros, colocando seu parceiro no meio de insinuações, suposições e descrições que não tinham nada a ver com a sua verdadeira intenção, apenas para esconder a si mesma e seu mundo sombrio de maldade.

A maioria das pessoas pode nunca vir a saber a verdade sobre Agne, podem nunca ser capazes de aceitar tal verdade, pois é muito mais obscura do que qualquer um poderia imaginar, mas este livro certamente revelará tudo o que há para saber sobre seu mundo obscuro e sua perturbação mental.

# Os Primeiros Meses

Conheci Agne no mesmo dia em que me mudei para a Lituânia — sexta—feira, 13 de janeiro de 2017.

Quando cheguei, já era de noite, mas alguns amigos que conheci quando visitei a Lituânia pela primeira vez, estavam se encontrando em um bar perto do meu apartamento temporário, e então fui lá para vê—los, e foi quando vi Agne pela primeira vez. Ela era a mais bonita do grupo e difícil de ignorar. Minha primeira impressão foi que ela era muito mais jovem do que eu, pelo que conversei com ela como conversaria com qualquer garota engraçada. Eu estava ciente de que ela era bonita, mas muito jovem para mim de qualquer maneira.

Entretanto, estava conhecendo muitas pessoas e sendo convidado para diferentes eventos, e a situação chegou a um ponto em que parecia impossível evitá—la onde quer que fosse. Ela também estava sempre me provocando. Na segunda noite, bêbada e alterada pela maconha, já estava pegando minhas mãos e minha bunda em um clube onde todos nós fomos, flertando da maneira menos discreta possível. E como ainda não estava dando o que ela queria, ela então beijou uma das minhas amigas na boca enquanto se virou para mim e perguntou:

— "Você está com ciúmes?"

Eu não estava com ciúmes. A amiga que ela beijou era feia e gorda. E Agne era jovem demais para me atrair de maneira sexual. Mas meses depois, ela me contou o seguinte quando se lembrou desta noite:

— "Eu só estava tentando ver se poderia te pegar, pois você parecia legal; eu nem me importei com a sua idade até que você me disse."

4

Naquele momento, ainda não mostrava muito interesse por ela, e ela se ressentia disso. Mas acabei convidando—a para um jantar para conhecê—la um pouco melhor — fevereiro, dia 14. De alguma forma, me senti mal por ela estar passando o Dia dos Namorados sozinha.

Assim que me desculpei pelos meus comportamentos anteriores, ela não perdeu tempo e começou a pegar minhas mãos, enquanto dizia com um grande sorriso:

— "Está tudo bem".

Eu também disse que realmente gosto dela e esperava que pudéssemos ser melhores amigos, e seu rosto começou a brilhar ainda mais.

Depois daquela noite, foi ela quem me convidou para sair todas as noites, embora eu não tivesse muita certeza do que estava acontecendo. Ela, eventualmente, deixaria tudo claro o suficiente, quando uma noite, durante um bate—papo online, se convidou para dormir no meu apartamento.

Uma vez que o relacionamento começou, ela passou do agir como tímida e ingênua para me mostrar outra pessoa. Logo saberia que ela mentiu quando perguntei quantos parceiros sexuais ela teve e ela respondeu:

— "Só dois".

Agne finge ser tímida, mas é muito promíscua. Ela também é muito insultante, pelo que, depois de alguns dias, acabaria com o relacionamento que mal tinha começado.

Ela pediu desculpas pelo que ocorreu me mandando mensagens:

— "Eu sou sempre malvada para os meus namorados, porque não consigo me controlar. Mas eu prometo a você, que farei o que você diz e não me irei mais comportar mal."

Suas promessas nunca foram realmente a lugar algum, e muitas vezes tentei terminar o relacionamento novamente, mesmo que ela não permitisse e encontrasse esquemas para recuperá-lo. Eu me senti preso, entre amar ela e lidar com sua doença mental (ou doenças). Ela continuou se desculpando por seus comportamentos, enquanto nunca os mudava.

Eu falei sobre isso com alguns amigos e eles me disseram que deveria assumir responsabilidade pela situação. Eu assim fiz. Perguntei se ela queria morar comigo e longe do ambiente onde eu a encontrara, ou seja, morando em um pequeno loft e dormindo na mesma cama de um homem gay.

Seus amigos não têm valor, e logo percebi que eles não gostavam de mim e estavam tentando nos separar. Eu estava me movendo muito rápido em sua vida e mudando-a também. Tolerei a presença deles até perceber que ela é facilmente manipulada pela opinião deles e cria brigas com base no que dizem. Foi quando a proibi de se encontrar com Samantha, Ramune e Marius. Eu não sou o tipo de pessoa que gosta de dizer aos outros o que fazer, mas não iria jogar o jogo da vítima aqui e estar no meio de seus dramas.

Ela lutou contra a ideia a princípio, depois pareceu concordar, mas continuou encontrando-os nas minhas costas, ou criando brigas sempre que quisesse encontrar com eles, para ter uma desculpa para sair de casa, ir em clubes, fumar maconha e ficar bêbada. Eu acho que velhos hábitos são realmente difíceis de quebrar.

Ela realmente admitiu ter criado brigas de propósito, especialmente quando a proibi de ir em clubes ou ficar bêbada, para poder deixar o apartamento contra a minha vontade. Basicamente, Agne recusou-se a seguir quaisquer regras, incluindo as mais simples: não fumar maconha, não beber mais do que duas cervejas por noite, e não permanecer em clubes depois da meia-noite.

Ela nunca seguiu qualquer acordo, incluindo aqueles com que já se havia comprometido. Ela escolheu mentir para fazer o que quisesse e ganhar tempo.

Quando percebi que ela não conseguia se comprometer, disse o seguinte:

— "Você pode fumar maconha, ficar bêbada todo final de semana e ir em clubes com seus amigos, como sempre faz. Mas você não vai mais me ver. No entanto, vai estar livre para conhecer outra pessoa."

Agne não estava disposta a mudar nada ou a me permitir abandonar a vida dela. Ela sempre mentiria sobre o que ela faz para me segurar, para me impedir de conhecer outras pessoas e encontrar um novo relacionamento para mim. Todas as suas promessas eram apenas mentiras. Qualquer tentativa de controlar seu comportamento, reclamar do que ela faz ou interromper seus insultos, era para ela uma forma de repressão, pelo menos foi o que ela disse. Quando com raiva, ela sempre repetia:

— "Eu faço o que quiser."

Agne sempre me insultava e, se não conseguisse ver uma reação, continuaria fazendo isso, como se dependesse do drama. E o que realmente me deixou louco foi que vi um sorriso no rosto dela sempre que eu reagia com raiva.

## AGNE: NA MENTE DE UMA NARCISISTA

É difícil determinar o quanto ela é louca ou malvada, porque, quando não falava com ela e a ignorava, ela ficava em casa, deprimida, assistindo filmes na cama e chorando sozinha. Ela faria o mesmo, mesmo quando viajássemos. Lembro-me que ela desperdiçou completamente nossas férias em Espanha, sempre criando brigas do nada e depois voltando para casa para chorar o dia todo.

O relacionamento com ela era uma montanha-russa interminável. No final, não conseguia planejar nada e minha vida não estava indo a lugar nenhum. Eu não poderia nem fazer planos com ela porque não conseguia acordos sobre qualquer coisa relacionada ao nosso futuro. Sua vida estava indo a lugar nenhum e ela acabou bloqueando a minha também. É como se ela não quisesse que o relacionamento funcionasse desde o começo.

Se eu dissesse a ela para se controlar, ela o faria, mas apenas por alguns minutos. É como se o cérebro dela estivesse sempre em modo automático. Eu até perguntei uma vez:

— "Você está tentando criar uma briga?"

Sua reação foi rir e, em seguida, proceder para realmente fazê-lo. É como se ela estivesse brincando com minhas emoções como um jogo, como uma psicopata. Era como ver personalidades diferentes no mesmo corpo também. E penso que é por isso que me permiti recomeçar a relação com ela tantas vezes. Eu queria acreditar, como qualquer outra pessoa, que ela pode agir como um ser humano normal. E, no entanto, é difícil confiar em alguém que diz:

— "Eu estou sempre pensando sobre o que aconteceria se te traísse e você soubesse."

Quando perguntei se isso era uma confissão ou um teste, ela negou ambos, dizendo que era um pensamento aleatório. Mas que tipo de pensamento aleatório é esse? Não é aleatório quando comparo com muitas outras coisas que ela me disse, tais como:

— "Preciso de sexo; não posso viver sem sexo".

— "A maioria dos homens com quem fiz sexo era muito feio, mas eu era solteira e precisava de sexo".

Essas declarações tornaram muito difícil acreditar que ela iria querer se casar comigo, mesmo que realmente me pedisse várias vezes para lhe oferecer uma aliança de casamento e propor.

Eu ofereci um anel de ouro no aniversário dela, como ela queria — no primeiro aniversário que celebrei com ela — em maio de 2017, e quando o recebeu, ela me pediu para propor casamento. Eu não o fiz. Em vez disso, disse a ela que, se ela mudasse, receberia a proposta em maio de 2018 — seu próximo aniversário. Eu queria que ela tivesse algo de valor no horizonte, e que a motivaria a se tornar uma pessoa melhor.

Fiquei desapontado quando ela disse mais tarde:

— "Sabe, em algumas culturas as mulheres só aceitam presentes em ouro, para que possam ter dinheiro quando se divorciam."

Ela também me disse muitas vezes que gostaria de ter filhos comigo, mas comecei a duvidar de suas intenções quando ela disse mais tarde:

— "Receio que, se um dia tivermos um bebê, você não me deixe sair para festejar com meus amigos e, em vez disso, exija que fique em casa cuidando do nosso filho."

No dia 28 de junho de 2017, apenas quatro meses depois do relacionamento, já estava claro que não tinha futuro. E levando em consideração que encontrei preservativos em sua bolsa por volta desse período, ela já havia, e muito provavelmente, traído várias vezes. Isso explicaria por que estava sempre pensando nisso e planejando isso.

Sua reação quando encontrei os preservativos, foi sorrir e provocativamente dizer:

— "É para quando estou sendo estuprada."

Quando disse a ela que se tem preservativos e está sempre pensando em trair, deveria ir em frente e fazer isso mesmo, se não o fez, sua resposta foi:

— "Obrigado! Eu vou mesmo trair!"

Tivemos uma briga por causa disso e ela saiu de casa naquela tarde.

Naquela noite, quando perguntei onde esteve, respondeu:

— "Eu faço o que quiser, porque não estou mais em um relacionamento, e posso foder quem quiser."

Agne sempre viu nossas brigas como uma desculpa para fazer sexo casual fora do relacionamento sem culpa. Não importava que tivéssemos acabado de nos separar apenas alguns dias ou horas antes.

Essas brigas não eram apenas sobre comportamentos que ela tinha nas minhas costas. Também foram sobre o que ela fez na minha frente. Quando confrontada com a sua necessidade de flertar abertamente com outros homens sempre que estava ao lado dela, ou olhar para outros homens que passam na rua, enquanto de mãos dadas comigo, ou mesmo quando lhes permitia conversar de volta com ela e tocá-la em clubes, incluindo um ex-namorado, e bem na minha frente, ela respondeu:

— "Eu posso falar com estranhos em clubes, e não vou ignorá-los só porque você quer".

No que diz respeito ao ex-namorado, ela disse uma coisa semelhante:

— "Eu posso deixar ele me tocar e posso falar com ele e não vou afastá-lo só porque você quer."

No que diz respeito a flertar com outros homens em seu smartphone, ela disse:

— "Eles são meus amigos e tenho o direito de conversar com eles."

A desculpa, se houvesse uma, era sempre a mesma:

— "Ele é apenas meu amigo e tem uma namorada."

Além disso, outras justificativas também nunca pareceram certas, como:

— "Eu preciso de melhor sexo, porque você é chato e não pode me fazer ter um orgasmo."

— "Você é muito velho, você é muito velho para mim e isso me assusta, me assusto com nossa diferença de idade."

— "Você fez algo para suas ex-namoradas trapacearem; você mereceu isso."

Como alguém poderia interpretar essas frases quando, por exemplo, ela chega em casa com a boca cheirando como se tivesse chupado um pênis, depois de, supostamente, se ter voluntariado em uma atividade com colegas de trabalho? Por que eu acreditaria que ela não estava me enganando, se sua boca cheirava assim no mesmo dia em que ela confessa estar sempre pensando me trair? Não é muita coincidência?

Sua resposta sarcástica foi:

— "Não vai acontecer de novo, porque da próxima vez eu trarei chiclete comigo."

Esta não foi a primeira vez que ela agiu estranhamente. Uma de nossas primeiras brigas foi porque ela me disse que tinha ido a Kaunas para ir em um clube com amigos e acabou dormindo lá, segundo ela, na casa de um DJ. Portanto, basicamente, ela foi em um clube sozinha, durante um dia em que eu estava doente, e depois passou a noite lá, com um cara qualquer.

Sua primeira mentira sobre isso foi que ele era um amigo, e a segunda foi que ele tinha uma namorada. Mais tarde, ela confessou que ele era amigo de sua amiga e que ele era solteiro. E, no entanto, não foi sua amiga que a convidou para ir em um clube e passar a noite em outra cidade, mas um homem. Ela disse que era o namorado dela. Mas Agne sempre tem uma mentira diferente preparada para qualquer situação.

Pouco depois disso, ela chegava às 4 da manhã, sem me dizer onde estava e respondendo apenas:

— "Não é da sua conta para onde eu vou."

Uma frase que se encaixa perfeitamente com outras, bastante semelhante:

— Eu não respeito você. Eu só respeito meus amigos porque eles me fazem feliz.

— "Se você acha que eu trapaceei, eu vou fazer mesmo isso."

— "Se você me impedir de ir em clubes com os amigos, vou sentir vontade de te trair."

— "Eu não quero você comigo quando estou bêbada com meus amigos."

— "Eu não lembro o que faço quando estou bêbada."

— "Não pergunte sobre o que você não consegue aguentar saber."

— "Eu preciso de sexo e fodo quem eu quiser."

— "Eu gostaria que você tivesse músculos e tatuagens (como alguns caras com quem dormi)."

— "Eu estava tentando enganar você, mas esse é o passado e você deveria calar a boca agora."

— "Eu nunca te amei. É por isso que estava sempre verificando outros caras, mesmo ao seu lado. É por isso que eu estava sempre mandando mensagens para outros caras. Eu ainda estava escolhendo o melhor para mim.

Agne não estava tentando me enganar por quase dois anos, como alegava, mas na verdade trapaceando nas minhas costas. Entre as muitas coisas que ela disse relacionadas com isso, a mais incriminadora é provavelmente a que ela mencionou no dia 23 de fevereiro de 2018, quando perguntei se ela já havia me traído:

— "Por que você pergunta sobre coisas que aconteceram há meses atrás?"

Se houvesse alguma dúvida sobre o fato de ela já ter trapaceado, uma frase que ela me contou em março de 2019 esclarece tudo:

— "Sempre que um homem ama uma mulher, é normal que ele a aceite quando ela trapaceia".

Esta frase corresponde com outra que ela havia me dito antes:

— "Se você pode perdoar uma de suas ex-namoradas por traição, você deveria me perdoar também".

É óbvio que Agne não consegue se controlar, na minha frente, ou sozinha. Então trapacear e mentir sobre suas ações sai como normal para ela, especialmente, se ela poder usar a desculpa de "nós tivemos uma briga e não estávamos em um relacionamento durante esses dias". O fato de dividirmos uma casa e uma cama não mudou nada em sua cabeça.

Agne não tem empatia por ninguém e se recusa a seguir qualquer regra, e não consegue se controlar quando recebe a atenção dos homens. Ela tem capacidade zero para se controlar quando se sente atraída. Ela é uma narcisista e uma ninfomaníaca. Ela até admitiu ter relações sexuais com mais de cinco homens em apenas um ano, antes de me conhecer: dois portugueses, um lituano, um espanhol e um chileno. Mas ela é uma mentirosa experiente, o que significa que pode dizer algo como "Nada aconteceu" da mesma forma que mente sobre qualquer outra coisa, incluindo o número médio de caras com quem ela dormiu, e que provavelmente foi mais do que dez em um ano. Sua resposta a uma das minhas mensagens realmente indica um número muito acima disso:

Eu: — "Antes de dormir comigo pela primeira vez, perguntei com quantos estranhos você dormiu por uma noite apenas, e você respondeu "nenhum", e depois descubro que foram dezenas."

Agne: — "E qual é o problema?"

Eu: — "Qual é o problema? É apenas como tomar café para você? O que significa dormir com mais de trinta homens para si? Nada?"

Sim, foi mesmo assim que ela reagiu à frase "dezenas de homens". São dezenas de homens antes dela ter 23 anos. Tentei obter o número exato, mas a resposta dela foi:

— "Não pergunte sobre coisas que você não está pronto para saber."

Nestes primeiros meses, ficou muito claro que ela sofria de Transtorno da Personalidade Narcisista: "Comportamento arrogante; falta de empatia por outras pessoas; egocêntrica; manipuladora e exigente; agressiva; Sempre buscando novas sensações (como por exemplo, sexo com estranhos);

preocupada com os aspectos superficiais da vida; nunca assumindo responsabilidade; prometendo muito mas nunca cumprindo." (In Psychologytoday,com).

Muitas outras fontes confirmam o mesmo: "O narcisismo produz uma auto-imagem distorcida, um ego superdimensionado e uma presunção de superioridade que não se baseia em realizações no mundo real. Os narcisistas revelam seus sentimentos em relação a si mesmos e aos outros por meio de suas ações, muitas vezes manipuladoras". As pessoas com TPN (Transtorno de Personalidade Narcisista) não podem se relacionar com as emoções ou entender o sofrimento dos outros, especialmente quando são as responsáveis por esse sofrimento. Se confrontados com a verdade sobre como seu comportamento causou danos, os narcisistas reagirão com negação ou confusão, afirmando sua inocência enquanto não demonstram nenhuma simpatia ou compaixão verdadeira. Pessoas com transtorno de personalidade narcisista frequentemente maltratam, manipulam ou abusam das pessoas próximas a eles para obter o que querem. Não vêem nada de errado em fazê-lo, pois sempre se colocam em primeiro lugar e não consideram que as necessidades dos outros sejam tão importantes como as suas. Sua arrogância é um reflexo natural duma superioridade assumida. Eles julgam os outros como uma forma de se elevarem. Alguns, que estão incluídos em seus círculos internos, são tratados melhor, mas os narcisistas são facilmente desiludidos pelos outros e frequentemente rejeitam pessoas que eles antes aceitaram" (In www.bridgestonerecovery.com).

Sua doença mental levou-a a fumar maconha regularmente, o que complicou ainda mais a situação. Aqui estão os sintomas do consumo de maconha que ela afirma ter (In luxury.rehabs.com): "Perda de memória; ansiedade; percepção distorcida; problemas de aprendizagem; nervosismo; raiva / agressão / irritabilidade; pesadelos; inquietação; perda de peso; depressão."

Além de ser uma narcisista e uma ninfomaníaca, Agne também é uma psicopata. E como qualquer outra psicopata, ela não sente remorso por suas ações e nunca assume responsabilidade por nada. Se nos separarmos, é sempre minha culpa. Se ela me faz cair de uma bicicleta gritando no meio de uma ponte, fazendo-me quase cair do lado da estrada e morrer, isso também é totalmente minha culpa, de acordo com ela. Não importava para ela que eu estava sangrando dos braços naquela manhã. Ela foi para o seu trabalho como se nada tivesse acontecido. Ela nem se importava com o quanto estava magoado.

Na cabeça de Agne, tudo é literalmente minha culpa, mesmo se ela trapaceia ou age de maneira insana. Ela não tem empatia, não como qualquer ser humano normal. Ela até se justifica frequentemente dizendo:

— "Você me deixa com raiva."

A única coisa que manteve a minha sanidade durante este relacionamento louco foram as mensagens que recebi dos meus leitores, contradizendo tudo o que ela dizia sobre mim:

"Estes livros foram um guia para mim e aceleraram meu progresso de maneiras que eu nunca poderia ter imaginado. Posso encontrar uma enorme sensação de conforto ao longo do meu dia, não importando meu ambiente ou situação. Eu diminuo o ritmo assim que algo afeta minhas emoções e estou de volta ao meu eu tranquilo. Estes são apenas alguns dos muitos benefícios que recebi. Você é alguém que sinto que posso confiar completamente. Obrigado por essa faísca! Você me ajudou mais do que qualquer outra pessoa neste mundo. Você oferece o conhecimento mais valioso e tem uma incrível capacidade para trazer compreensão à vida. As palavras não podem descrever como me sinto abençoado por ter encontrado seu trabalho" (Matt O.).

Como Agne reagiu ao que fiz por ela ou quando mostrei essas mensagens?

— "Oh pobre você, sacrifica sua vida incrível por minha causa, porque você sente que eu quero estar com você."

É óbvio que Agne tem sérios problemas mentais, mas na primeira vez em que insisti para que fizesse terapia e encontrasse uma psicóloga, para que nosso relacionamento melhorasse, ela recusou. Ela disse que era muito caro. E logo depois, em poucas semanas, gastou mais de US$800 em um novo iPhone.

Agne tem desculpas para tudo o que faz, não importando o quão incongruente, ilógico ou ridículo, e suas frases favoritas são:

— "Foi há muito tempo."

— "Eu fiz isso apenas uma vez."

— "Você é muito sensível."

— "É engraçado ver você com raiva."

# Os Segredos Mais Sombrios

Aqui estão algumas frases de Agne provando que ela sofre de hipersexualidade:

— "Eu não sou uma prostituta porque nunca aceitei dinheiro. Eu tive sexo com estranhos por prazer e senti prazer em todas as vezes que fiz isso."

— "Convidei homens para dormir comigo porque precisava de sexo. Não há nada de errado em fazer sexo com estranhos quando você é solteira e eles não pagam."

— "Eu sabia que não iria vê-los novamente, e é por isso que dormi com eles."

— "Minhas amigas nunca tiveram uma noite de sexo com estranhos, elas apenas mantêm o mesmo namorado por anos, portanto não sei o que pensam e não me importo."

Como não consegui saber o número exato de parceiros sexuais, perguntei quantos homens ela beijou, ao que ela respondeu:

— "Vinte com certeza, mas não me lembro exatamente."

Isso, de acordo com minha matemática e as descrições sobre quando, faz com que seja uma média de dois caras por mês. E duvido seriamente que ela não tenha tido relações sexuais com cada um deles, porque Agne é viciada em sexo, não em romance. Ela confessou várias vezes:

— "Eu só estou com você por causa do sexo."

Há muitas provas de que Agne está interessada apenas em sexo, e não em relacionamentos, como quando perguntei por que teve muitas noites de sexo com estranhos, incluindo a última vez que retornou a Portugal para visitar seu ex-namorado africano, mas depois decidiu fazer sexo com um cara que ela encontrou no site do Couchsurfing, depois de aceitar ficar em seu próprio quarto. Sua resposta exata foi:

— "Eu preciso de sexo e posso fazer sexo com quem quiser quando estou solteira. Além disso, o Rui não queria me ver; Eu estava apaixonada por ele e me sentia sozinha."

Em outras palavras, se Agne ama um homem, mas se sente sozinha, ela vai dormir com qualquer outro. E isso explica muito sobre o tipo de relacionamento que tive com ela, e por que ela estava desaparecendo durante a noite sempre que tivemos brigas, com a desculpa de ir em clubes com os amigos. Suas palavras continuaram reforçando minhas crenças:

— "É muito fácil encontrar alguém em um clube para fazer sexo."

Sua atitude em relação ao sexo, antes mesmo de ter 22 anos, era extremamente promíscua, na minha opinião. Quando uma vez ela me viu intrigado sobre isso, disse:

— "O que você esperava? Que fosse virgem? Se eu for solteira, posso fazer sexo sempre que quiser."

Para eliminar qualquer dúvida sobre sua ninfomania, encontrei sua senha e abri sua conta no Couchsurfing, e descobri mais de trezentas mensagens e conversas que ela quase sempre iniciava, convidando viajantes, mesmo antes de entrarem no país, a ficarem em seu quarto, ir em clubes com ela e beber com ela. São mais de trezentas mensagens que ela enviou a homens em menos de dois anos.

Aqui estão algumas dessas conversas:

Luis: — "Oi Agne! Meu nome é Luis, sou um viajante brasileiro e engenheiro naval. Atualmente moro e trabalho em França, e estarei visitando Vilnius muito em breve (de 28 de outubro a 1 de novembro, de sexta a terça-feira). Eu já tenho um lugar para ficar, mas seria bom ter alguém para me mostrar a cidade, tomar um café ou algumas bebidas, e me ensinar alguns trava-línguas em lituano. Deixe-me saber se você vai estar por perto e espero ouvir de você em breve! Felicidades, Luis"

Resposta da Agne: — "Acho que podemos fazer isso. Vamos nos encontrar esta semana e beber um café."

Toon: — "Ei, algum plano para esta noite? Meu último fim de semana aqui."

Resposta da Agne: — "Vamos num bar jogar pebolim. Quer se juntar a nós?"

Joel: — "Oi Agne, eu sou um estudante americano estudando na Universidade Hebraica em Jerusalém. Eu nunca estive em Vilnius antes, e estou muito animado para ver e explorar a cidade. Eu gostei do seu perfil e queria perguntar se poderia ficar no seu loft. Se você está livre, adoraria fazer algo divertido na cidade juntos. Felicidades, Joel "

Resposta da Agne: "Olá, Joel! Na verdade, não há muito que eu possa fazer devido aos dias de trabalho :) e sobre a hospedagem, preciso falar com meu colega de quarto, pois temos apenas duas camas de solteiro. Muitas felicidades, Agne"

Estas duas camas a que ela está se referindo, estão ligadas como uma cama única, em um pequeno loft, o que significa que todos os homens que ela aceita estão literalmente dormindo com ela.

Só Deus sabe o número real de parceiros sexuais que ela teve, mas entre trezentas mensagens, não é difícil contá-los, e facilmente deduzir dezenas de homens fazendo sexo com ela de graça, sendo acomodados de graça também em seu pequeno loft. Isso é realmente um bom negócio, que nenhum homem iria querer recusar — sexo livre e acomodação grátis. É melhor do que dormir com uma jovem prostituta, que Agne afirma não ser, porque ela "nunca aceitou dinheiro".

A conversa seguinte é entre ela e um chileno chamado Andreas, em 27 de novembro de 2016, com quem ela fez sexo porque sabia que ele iria deixar o país, e porque estava interessada apenas em seu corpo, como ela própria disse. Tivemos várias brigas por causa dele, pois ela manteve contato com ele por anos, e até o encontrou na minha frente e permitiu que ele a tocasse, enquanto me insultava e me dizia que ela podia fazer o que quisesse e eu não a posso impedir de conversar com outros homens, incluindo ex-amigos-do-sexo.

Andreas: — "Oi! Como você está agne? Meu nome é Andreas, e sou do Chile :) Eu tenho viajado por 8 meses até agora! Eu estive no Brasil, Alemanha, Lituânia (eu adoro haha é por isso que estou indo de novo), Ucrânia, Polônia, Rússia e agora estou na Tailândia :D E irei para a Suécia muito em breve e de lá para Vilnius!!! Seria ótimo se pudesse fazer Couchsurfing durante o meu tempo aí. Eu sou um menino muito amigável e relaxado :) Eu amo sorrir e dançar o tempo todo :) Eu acho que você parece ser muito amigável! Seria muito bom conhecer você !! E já conheço muitos bons lugares para se divertir em Vilnus hehe eu posso te surpreender :) E se você não pode me hospedar também seria bom conhecê-la :D E você tem um piercing muito legal !!! Parece bem. Espero ouvir de você em breve!!! Grandes abraços da ensolarada Tailândia."

Agne: — "Olá, Andreas, como você está?"

Andreas: — "Oi! Estou ótimo! :) Você tem planos para hoje? :)"

Agne: — "Sinto muito pela minha resposta tardia. Bem"

Andreas: — "Não se preocupe, tudo bem :) podemos nos encontrar e tomar um café ou uma cerveja! :)"

Agne: — "Estou planejando ir com meu amigo em "Alaus namai" (casa da cerveja) porque lá tem um evento — Tributo aos Bon Jovi. Gostaria de se juntar a nós?"

Andreas: — "Oh, isso é legal. A que horas?"

Agne: — "Começa às 21h. Mas planejamos aparecer naquele lugar em uma hora :) Mas o que prefere? Você tem aplicativo whatsapp? Porque eu não estou neste app :D"

Andreas: — "Ah okis! Claro!! Adicione—me + 569940 ...... "

Eles se conheceram naquela noite e fizeram sexo na mesma noite. Ele até postou fotos do evento em seu Instagram. Agne estava mandando beijos para a câmera enquanto estava vestida como uma prostituta.

De acordo com a descrição de duas amigas que estavam com Agne naquela noite, ela ficava colocando as mãos no corpo dele para seduzi-lo a fazer sexo com ela. Exatamente como ela fez comigo na minha segunda noite depois de chegar em Vilnius, e antes mesmo de ter qualquer conversa normal comigo.

Ela basicamente disse à amiga que queria fazer sexo comigo e ficou com raiva porque eu recusei. Porque isso é tudo que Agne quer: sexo rápido com estranhos. Ela nem está interessada em conversas. Agne está constantemente buscando validação apenas e através do sexo.

Não há realmente nenhuma diferença entre ela e uma prostituta comum, exceto que uma prostituta faz sexo com muitos estranhos por dinheiro, e Agne faz isso para satisfazer sua desesperada necessidade por validação e atenção.

# O Carrossel Emocional

"Eu farei qualquer coisa que você pedir."

Agne disse isso várias vezes, só para me trazer de volta à relação, mesmo que nunca tenha seguido adiante com suas promessas. Ela também disse o seguinte:

— "Desejar mudanças e fazer mudanças é muito mais difícil e parece que você não entende isso. Você está sendo egoísta de várias maneiras; Além disso, você diz que sou assim. Eu admito, mas você não. E sempre tudo minha culpa, eu sou sempre culpada, sempre pedindo desculpas. Você é a perfeição nesta vida ... Eu sinto que você precisa de uma boneca que possa ter habilidades para usar um computador, e não eu ou qualquer outra pessoa ... Nós somos como um casal velho e chato, sem amigos e nem mesmo saindo juntos. Em um ano nem sequer uma única vez saímos; estas quatro paredes me deixam louca."

Agne sempre se retrata como uma vítima, mas não nos esqueçamos da realidade. Ela ridiculariza tudo o que eu sei e acredito, tenta parar meu trabalho muitas vezes também, só porque ela precisa de atenção, e começa brigas sempre que não a tem, como uma criança pequena. Ela não é madura o suficiente para conversar como uma adulta, e seu cérebro filtra a realidade de uma maneira psicopática, porque seu nível de responsabilidade é zero. Por outro lado, se nunca atacou seu amigo gay ou o humilhou, como fez muitas vezes comigo, então talvez seja com ele que ela deveria continuar vivendo. As muitas lutas com ela me deixaram fisicamente doente e mentalmente exausto também. Eu mesmo caí nas escadas do meu prédio a caminho do apartamento mais de uma vez devido à exaustão psicológica.

Talvez ela queira o relacionamento, mas me trata como qualquer outro cara que encontra em um clube à noite, qualquer outro estranho com quem ela dorme. Ela até se queixou:

— "Nenhum dos caras que conheci me trataram como você."

Obviamente que não, porque duraram apenas uma noite e eram estranhos antes disso.

Agne não sabe o que é um relacionamento, como posso confirmar pelas fotos que ela tira de nós. Ela sempre me retrata como um idiota de um desenho animado. Ela também me manipula para conseguir o que quer e coloca seu egoísmo em primeiro lugar e à frente do relacionamento. É realmente interessante notar que ela me afastou — em agosto de 2018, para ir a um clube com amigos, dizendo:

— "Eu flertei com caras na sua frente porque podia ver o olhar deles, eu sabia que eles queriam fazer sexo comigo, e gosto muito desse sentimento. É por isso que fiz isso o tempo todo durante um ano inteiro e chamei você de paranoico sempre que reclamava. Eu menti, mas é seu problema, porque você acredita em mim quando minto. É sua culpa se você escolhe confiar em mim e me aceita de volta. Eu não gostei de nenhum deles, mas se tivesse escolhido um deles, simplesmente o abandonaria e mudaria do seu apartamento para a casa dele. Eu também olhei para outros caras na rua e na praia porque gostei do corpo deles e acho que mereço um corpo assim e não alguém gordo como você, porque eu também tenho um bom corpo."

Aproveitei esse período para viajar sozinho, o que a enfureceu muito.

Quando voltei e a convidei para tomar um café, ela perguntou arrogantemente:

— "Por que você não me pega de carro?"

— "Por que diabos você voltou?"

— "Por que você não me levou com você?"

Ela então me convidou para um passeio no parque, procurando uma oportunidade para me beijar. Uma vez que isso ocorreu, ela mudou de atitude novamente:

— "Eu não quero estar com você porque preciso de um tempo para mim; Eu quero ver outros caras e encontrar um novo namorado."

Quando perguntei se ela já estava saindo com outra pessoa, disse:

— "Se você soubesse que te traí, não iria mais querer falar comigo."

Ela também parecia irritada, porque, de acordo com ela, a maioria dos homens apenas lhe envia mensagens, e nunca quer se encontrar. E, no entanto, acredito que ela já estava se encontrando com alguém, possivelmente fazendo sexo com ele, pois admitiu que estava usando um aplicativo de namoro, embora alegasse que, quando não estamos juntos, não é considerado trapaça. Eu insisti na pergunta, à qual ela respondeu:

— "Se você soubesse que eu trapaceei, você me abandonaria; você não me abandona porque você não sabe."

— "Se eu te traí, como ele se parece?"

— "Se eu te traí, que carro ele estava dirigindo?"

Mais tarde, quando mencionei a possibilidade de ter doenças sexualmente transmissíveis, ela respondeu:

— "Se você acha que te passei uma doença de outros homens, deveria consultar um médico."

É interessante que ela não tenha assumido isso como uma impossibilidade, uma situação que me lembrou outra, quando depois de ficarmos separados por várias semanas ela me convidou para sair e disse:

— "Toda vez que brigamos, penso na grande oportunidade que estou perdendo de deixar meu país viajar com você."

Em outras palavras, ela não sente falta do relacionamento, mas da oportunidade de viajar. E, no entanto, isto foi o que ela escreveu antes de eu viajar para a Ucrânia — no dia 10 de junho de 2018, às 21:01:

— "Eu não quero perder você e não sei o que fazer. Este relacionamento foi uma bagunça o tempo todo e nunca, nunca funcionou. E sei que foi por minha culpa. Foi e ainda é só minha culpa. Minha culpa que você é infeliz, minha culpa que ainda não estou madura o suficiente, e minha culpa por todas as provocações. Eu preciso te dar espaço, mas não quero esperar por aquele momento, quando pedir desculpas, e você já estiver com outra mulher. Eu sei que você me odeia muito e ao mesmo tempo me odeia mais porque me ama. Eu te odeio de uma maneira também, mas odeio mais a sensação de não estar com você. Quero estar com você para sempre. Eu quero que você acredite no que digo, eu gosto de você, eu amo você; talvez as datas que disse no começo não fossem tão precisas, porque o tempo voa tão rápido que não posso dizer a data exata em que as coisas aconteceram. Mas o que te disse sobre beber ou fumar maconha foi a verdade. Eu quero ter uma vida normal com você, eu quero ser essa mulher para você. Eu fiquei brava quando não acreditou em mim, porque você não aceita a minha verdade. Eu não quero mentir para você; por quero te ver, quero te abraçar. Hoje à noite tive um sonho em que acordei você para tomarmos um café da manhã juntos."

Esta mensagem foi enviada apenas um mês antes de me dizer que tentou me enganar por mais de um ano enquanto morava em minha própria casa.

Quase todas as brigas que tive com Agne, aconteceram porque ela estava flertando com homens na minha frente ou seduzindo homens para conversar com ela em clubes e nunca dizendo a eles que tinha um namorado. Ela admitiu isso, pelo que comecei a me opor a deixá-la sair sozinha para festejar com as amigas.

Isso, no entanto, não a impediu. Ela preferiria perder o relacionamento do que parar de fazer isso. No que diz respeito a essas situações, ela repetia frequentemente:

— "Eu faço o que quiser e você não pode me impedir de falar com outros homens."

Agne não consegue se controlar. Ela é como uma criancinha em uma loja de doces quando vê homens. E por causa de seus comportamentos em público, fiquei tão envergonhado, que parei de sair com ela e perdi quase todos os meus amigos locais. Eu não conseguia lidar com o fato de que os homens a seduziam, e ela flertava com eles como se eu fosse um idiota ao lado dela. Afinal, eu estava ao lado da minha namorada ou de uma prostituta comum?

Agne também me insultou várias vezes por não beber, dizendo que não poderia estar em um relacionamento com alguém que não bebe álcool e é vegetariano, e também é religioso. Ela continuou dizendo que não parecemos um casal porque não temos nada em comum. E certamente não temos, pois tenho muito a oferecer e ela não tem nada. Mas lhe disse que a porta da minha casa estava aberta para ela sair quando quisesse e encontrar um cara que se embriagasse com ela e comesse frango com ela. Eu também disse que ela poderia comer carne na minha frente, como ela fez, muitas vezes, sem qualquer queixa da minha parte. Mas quando tudo isso não funcionou, ela começou dizendo:

— "Você é muito velho para mim."

— "Eu não amo você. Eu estou apenas com você por diversão."

Agne vive claramente obcecada com drama. E o relacionamento nunca terminou porque ela sempre encontrava um jeito de me prender, com promessas falsas, sexo, desculpas e muitas outras estratégias, como entrar no apartamento para obter suas coisas, e sem nunca levar tudo com ela.

A verdade é que Agne não aceita regras. Ela sempre fez o que quer. Ela nunca parou de fumar maconha com seu amigo gay Marius, ou de ir em clubes sempre que queria e ficar bêbada o tempo todo. Ela tem uma desculpa para tudo que ela quer fazer, e cria brigas de propósito para sair de casa quando quer. E, no entanto, em vez de deixar o relacionamento, exigiu que eu fosse embora para outro país. E até escreveu cartas para a agência imobiliária e para a dona do apartamento que alugámos, pedindo-lhes que alterassem o contrato e me retirassem dele. Ela fez isso sem me avisar. Foi feito em segredo, pelas minhas costas.

Sua atitude sempre esteve entre extremos, desde mostrar arrependimento até me culpar; muitas vezes conectando ambos os extremos para cumprir sua agenda oculta. De fato, ela admitiu criar muitas brigas de propósito porque também queria que eu terminasse com ela e fosse embora para longe. Agne disse que se eu terminasse o relacionamento por minha iniciativa, ela não se sentiria culpada por isso.

Apesar de dizer tais coisas, ela muitas vezes tentava recuperar a relação oferecendo sexo de maneiras explícitas.

Agne: - "É melhor termos sexo."

Eu: — "Você não parece ter dificuldade em encontrar homens para uma noite de sexo."

Agne: — "Ok, eu posso encontrar. Continua te masturbando."

Eu: — "Você vem buscar suas coisas ou não?"

Agne: — "Sim, vou. Estou agora a sair do escritório. Me encontre em sua porta."

Por dois anos, absolutamente nada mudou. Todos os que conhecem esta história rapidamente se cansaram, como um filme que uma pessoa assiste mil vezes, sempre sabendo como termina. No entanto, ela ousou me dizer:

— "Trabalhe mais para nós";

— "Saia do país e eu te seguirei";

— "Eu posso visitá-lo se você sair."

Era como se estivesse exigindo que eu saísse para ter uma desculpa para a separação, mas também exigindo que eu saísse para que ela pudesse deixar o emprego e viajar comigo. De um jeito ou de outro, ela sentiu que ganharia se eu não estivesse na Lituânia. E aparentemente não fazia sentido para ela estar comigo se eu tivesse permanecido. Essa é provavelmente uma das razões pelas quais ela ficou entediada, frustrada e perdeu o interesse pelo relacionamento. Talvez essa também tenha sido a razão pela qual ela estava procurando estrangeiros ricos para ter sexo.

Certamente a decepcionei, quando ela descobriu que eu não era tão aventureiro e rico quanto ela esperava. Ela estava sempre me perguntando quanto dinheiro eu faço e não gostava de saber que eu estava perdendo muito depois de conhecê-la. Em vez de ser solidária, ela começou a sair mais com as amigas e a verificar suas opções.

Levando em consideração esses traços de personalidade, não entendo por que ela sempre se compara a outras mulheres e faz perguntas sobre o relacionamento delas. Seria um mundo muito triste, se as mulheres estivessem apenas tendo sexo com estranhos, fumando maconha, se embriagando, insultando seus parceiros todos os dias, flertando com estranhos, deixando seu homem louco, mentindo o tempo todo sobre tudo para todos, e ainda esperando casar ou permanecer casadas.

Minha vida foi uma piada para ela? Parece que sim, quando ela disse coisas como:

— "Não é traição quando não estamos juntos."

É a mesma frase que ela usou quando finalmente admitiu trair, o que significa que, se a desculpa era sempre a mesma, a mentira também era. Ela enganou mais de uma vez, de propósito, depois de criar as desculpas para si mesma, todas baseadas em um tipo de paradigma do tipo problema-reação-solução, ou seja, ela cria o problema, eu reajo, e ela então desaparece da casa para fazer sexo com quem quiser e pelo tempo que quiser.

Podemos contar facilmente dezenas de homens com quem ela me traiu durante um período de quase três anos.

Agne realmente usa a mesma estratégia que todos os que traem seus parceiros usam, e a mesma estratégia usada em mim por outras mulheres que me traíram, pelo que pude verificar. E, no entanto, me recusei a acreditar no óbvio, porque não podia deixar este ciclo sem sua confissão, mesmo que essa confissão fosse minimizada para uma vez depois de três anos. Agne minimiza tudo o que faz.

Eu também acredito que ela chora apenas quando seu ego está ferido, quando se sente sozinha, e não porque tem alguma empatia por mim ou qualquer outra pessoa, pois ela é egoísta. Isto explicaria por que se queixa tanto sobre coisas normais:

— "Você está sempre me fazendo ameaças e dando regras".

Ela realmente pensa que pode anular qualquer análise a seu comportamento por comparação:

— "Seus pais também não souberam educar você".

Sim, é verdade, mas eu estou milhares de livros, cursos e horas de terapia longe deles. Ela, por outro lado, não pode sequer discordar sobre o que eles dizem para ela fazer.

Eu fiz um grande trabalho comigo mesmo, que começou quando tinha apenas 14 anos. Foi quando comecei a ler enciclopédias em psicoterapia para me ajudar e fazer meditação diariamente, três vezes ao dia. Na faculdade, estava lendo mais livros sobre psicologia do que os próprios estudantes de psicologia, como eles mesmos confirmaram. Além disso, fui votado para ser o presidente da União dos Estudantes, com a grande maioria dos votos vindos de estudantes de psicologia. Eu era muito popular entre eles. Mas há mais, pois também fui em uma psicóloga durante meus anos na faculdade para terapia. Essa psicóloga disse que eu era mais saudável do que a maioria das pessoas da minha idade e, apesar de ter crescido em um ambiente muito disfuncional. Além disso, apenas alguns meses antes de conhecer Agne, voltei a fazer terapia, para lidar com uma separação, mas os resultados dos meus exames, antes da terapia, já mostravam que estava mentalmente mais saudável do que a maioria das pessoas. E, no entanto, apesar de todos esses fatos, Agne me diz:

— "Você falsificou esses resultados porque sabe como fazer isso."

Realmente, se ela anula tudo e qualquer coisa, e acha que pode comparar-se comigo, para conseguir impôr a lógica dela como o único jeito, é impossível responder também quando ela pergunta:

— "Por que você acha que é melhor que eu?"

Depois me culpa por chamá-la de idiota, apesar de admitir:

— "Mesmo que meus amigos pensem que sou estúpida, pelo menos, nunca dizem isso."

Há apenas uma coisa em que Agne nunca é estúpida, e é em fazer o mal e enganar:

— "Se eu mentir e você acreditar, a culpa é sua por me aceitar de volta."

Esta é de fato a melhor arma da pessoa que gosta de trair numa relação — culpar o parceiro por não conseguir enxergar isso.

Posso entender agora que ela não pediu minha ajuda porque a aceita, mas porque isso era mais uma estratégia me segurar, para aprender como me manipular melhor, estudar minha mente mais profundamente, usando o mesmo conhecimento. Ao fazê-lo, saberia como me recuperar depois de cada traição com um novo homem.

Da mesma forma, sei agora que ela fez terapia para aprender a me controlar melhor e não para se curar. É por isso que ela escolheu uma psicóloga famosa por escrever sobre relacionamentos abusivos. Ela escolheu essa pessoa porque queria alguém que pudesse dar a ela um curso individual sobre como abusar ainda mais.

Agne é realmente inteligente para o mal, porque consultou seus amigos primeiro, antes de visitar a psicóloga, para se certificar de que conseguiria o que queria. Ela escolheu uma pessoa que lida com abuso doméstico. Não poderia ser melhor, certo? É por isso que ela não se importou de pagar tanto por absolutamente nenhum resultado. Agne estava aprendendo exatamente o que ela queria.

Ela nunca se interessou em mudar-se ou ter um relacionamento saudável. Seu objetivo era ganhar mais controle sobre mim, manter o abuso por mais tempo, enquanto desenvolvia estratégias melhores.

As seguintes frases apareceram imediatamente depois que a fiz visitar a psicóloga:

— "Você está me controlando."

— "Você está me manipulando."

Eu também acredito que Agne é tão insana que acaba temendo sua própria mente, e depois se vendendo para seu próprio ego, fortalecendo-se assim, enquanto negligencia sua consciência, em uma espécie de relacionamento internal progressivo entre o falso eu e o eu subconsciente. Algo que só pode ser explicado por especialistas em possessão demoníaca, já que não encontra respostas na psicologia tradicional.

Agne está literalmente esvaziando sua alma para alimentar um sentimento viciante que surge do ferir os outros, ter sucesso em mentir e das traições. Ela mesma expressou isso quando me disse com um completo desdém:

— "Por que você acha que está salvando minha alma? Eu não acredito nisso. Não existe nenhuma alma."

Mais evidências de possessão demoníaca apareceram quando falei sobre a possibilidade de alugar um apartamento para ela mesma e ela declarou:

— "tenho medo do escuro; Eu tenho medo de ficar em casa sozinha, em silêncio."

Eu tive que perguntar, para testar a reação dela:

— "Se você não acredita em nada, por que tem medo do escuro?"

Ela respondeu:

— "Eu acredito em fantasmas ... não aguento o silêncio ... preciso ouvir as pessoas ao meu redor."

# Quem é a Vítima?

E u estava errado quando disse a Agne que ela não precisaria se preocupar porque nosso relacionamento funcionaria se ela me seguisse e confiasse em mim. Eu não sabia que ela já tinha muitas provas mostrando o contrário. Eu não estava percebendo que ela não pode ser essa pessoa; ela não pode confiar ou ser confiável, e ela não pode seguir ou ser seguida. E foi assim que perdi anos esperando mudanças de uma mulher que só existia na minha imaginação.

Eu estava sempre com raiva pelas mesmas razões e nada mudou, exceto eu mesmo — fiquei exausto e drenado da minha energia. Como um vampiro, ela estava se alimentando de mim. Além disso, se não podia mudar dos 22 para os 25 anos de idade, ela certamente nunca mudaria aos 35 anos, ou 45 anos, ou até mais tarde. O motivo, revela-se no fato de que ela não pode aceitar nada que se pareça normal:

— "Eu não quero estar numa caixa na minha idade; Você me trata como uma boneca."

A primeira vez que ouvi de Agne que ela estava dizendo a outras pessoas que estava sendo vítima de controle, manipulação e violência doméstica não foi a última. Mas isso nunca aconteceu verdadeiramente. Ela tem tendência para reproduzir os traumas de sua infância, recriando-os, como se ainda estivesse lá, presa no tempo, com medo de todos os homens, enquanto busca sua validação na forma de sexo. Com cada homem com quem ela dorme, sua doença mental ganha raízes mais fortes no profundo abismo escuro de sua alma vazia, se ainda existe alguma.

Agne me empurrou para os limites muitas vezes, e foi violenta comigo muitas vezes, mas nunca lhe respondi com violência. O que realmente ocorreu, na primeira vez que ela decidiu usar essa queixa contra mim — depois de vários meses morando na minha casa — foi que uma noite, às 4 da manhã, ela chegou em casa bêbada, e eu perguntei onde ela estava, se ela fez sexo com outra pessoa, ao que sua resposta exata foi:

— "Eu posso foder quem quiser e chegar em casa quando quiser, porque você não é mais meu namorado e esta é a minha casa também."

Uma noite depois de uma discussão, foi tudo o que ela precisou para fazer sexo com outra pessoa. Não importava para ela que estávamos compartilhando a mesma casa. Ela estava me confundindo com seu colega de quarto? Ou estava usando ele como um namorado sem sexo?

Eu ignorei o que ela disse como sendo verdade. E dias depois de fazer isso, em uma tarde, ela chegou em casa completamente bêbada de novo, por volta das 7 da noite, e foi dormir, sem explicar nada para mim mais uma vez.

Desta vez, eu não disse nada de volta também. Mas ela me acordou às 3 da manhã chutando minhas costas. Eu disse a ela muitas vezes para parar, mas ela não parou. Ela continuou chutando, rindo e dizendo:

— "Eu não vou deixar você dormir."

Eu disse a ela, repetidamente, para me deixar dormir, e então ela pegou o cobertor, enquanto ria ainda mais alto como uma doida.

Eu gritei para ela, mas ela continuou rindo, imitando minhas palavras, como uma criança de três anos, e dizendo:

— "Você parece estúpido quando está com raiva."

Eu já estava exausto do meu trabalho e das muitas brigas, e foi aí que cheguei ao limite da paciência, e a agarrei pelos cabelos e disse que iria machucá-la se ela não calasse a boca e me deixasse dormir. Eu também disse a ela que o relacionamento acabou e a queria fora de casa.

Ela então parou e ficou a chorar num canto. Mas no dia seguinte foi para sua família e disse que o oposto ocorreu. Ela disse que eu a ataquei e que ela terminou comigo.

A fim de proteger sua reputação de vítima inocente de abuso doméstico, ela me fez parecer um idiota na frente de todos.

Depois disso, ela me fez visitar sua família, sabendo que havia mentido sobre toda a situação. E sempre que perguntava sobre isso, ela negava que fizera aquilo, ou mentia e dizia que já havia corrigido toda a história e compartilhado a verdade.

Eu sabia que isso era mentira, pois continuava me sentindo desconfortável na frente de todos. Mas ela não se importava que eles estivessem pensando em mim como um valentão agressivo e maluco. Acho que ela estava gostando disso, pois finalmente a família estava do lado dela, como ela queria desde o começo.

Ela não parou seus esquemas aqui. Eu só descobri que ela havia dito à agência imobiliária que eu estava saindo de casa, que o contrato tinha que ser mudado apenas para o nome dela, e que eu tinha que ser excluído dos papéis, quando eles mesmo me disseram isso.

Quando a confrontei, Agne disse:

— "Eu não posso pagar por este apartamento sozinha, mas se não puder encontrar um companheiro de quarto e tiver que perder este lugar, você também não vai ficar."

Agne basicamente me expulsou da casa que encontrei para mim e para a qual a convidei, depois de ver onde ela estava morando, por vingança.

Quando lhes contei a verdade e expliquei por que isso estava acontecendo, pedi a ajuda deles para encontrar um apartamento para mim e disseram que poderiam me ajudar facilmente. Um deles, embora não trabalhasse mais para a agência, estava me enviando várias ofertas todos os dias.

No entanto, eles rapidamente perceberam que tipo de mentirosa manipuladora Agne é. E assim, um dia, eles tiveram uma reunião e depois me enviaram um e-mail dizendo que a dona da casa perdeu a confiança em Agne e não alugaria o apartamento para ela se eu não ficasse, porque em suas próprias palavras, "Agne não é confiável".

Foi assim que Agne acabou sendo expulsa da casa, não por mim, mas pela senhoria e por três agentes imobiliários, e devido a seus próprios comportamentos.

Ela então voltou para seu companheiro de quarto anterior, Marius, o cara gay que está sempre fumando maconha e ficando bêbado com ela desde que se conheceram em Portugal. Mas ela ficava constantemente me colocando em situações parecidas, como quando ela me provocou online e depois reportou ao facebook quando reagi, para que minha conta fosse deletada.

Agne é extremamente vingativa e cheia de ódio, especialmente quando estou apenas me defendendo com fatos e verdade. Ela até ameaçou chamar a polícia uma vez, porque eu me recusei a devolver suas garrafas de álcool, lhe dizendo que não queria que ela ficasse bêbada na minha própria casa.

Uma de suas últimas vinganças foi me provocar na casa de seus pais, a fim de filmar minha reação e provar para todos da sua família que sou o louco, e não ela. E ainda assim, mesmo quando ela finalmente foi removida do contrato da casa, Agne continuava encontrando desculpas para voltar para a casa, para pegar suas coisas, como uma razão para me ver e me persuadir a voltar para ela. Foi assim que ela permaneceu na casa por mais tempo, depois de já ter sido expulsa do contrato. Ela usou isso para sua vantagem, deixando-me pagar um aluguel maior, enquanto ela mantinha seu novo quarto pela metade do que ela estava me pagando antes.

Agne está sempre tentando aproveitar todas as situações e todos, e ela se comporta como se tivesse direito a tudo. Ela também age como se sua vida social fosse incrível, embora ela não tenha um estilo de vida saudável ou mais do que alguns amigos inescrupulosos.

Uma vez a encontrei lendo um livro em uma tarde de domingo e ela me convidou para ir com ela a um bar. Nós conversamos por um tempo e ela começou a chorar:

— "Eu estou sempre sozinha nos fins de semana, ninguém quer sair comigo ou mesmo se encontrar para tomar um café. Eles sempre dizem que estão ocupados. Eu passo muitos fins de semana na cama, chorando o dia todo. E nunca quero que os fins de semana cheguem. Eu trabalho horas extras apenas para evitar ficar sozinha."

No passado, sentiria pena dela, mas nesse momento não sabia mais o que essas lágrimas significavam. Eu até pensei que a história com Agne tinha chegado a um estado final quando ela se encontrou com uma psicóloga que é mais insana que ela e lhe disse:

— "Seu namorado mandou você para um psicólogo porque ele está tentando controlar você ... Não há nada de errado em fumar maconha quando você quiser ... não há nada de errado em fazer sexo com estranhos ... seu namorado é inseguro e é por isso que ele não deixa você ir em clubes sozinha e flertar com outros homens... e se você continuar pensando em se matar, não há nada de errado com isso também."

Quando decidi ir conhecer essa Psicóloga—Psicopata e entender o que estava acontecendo, ela se recusou a me receber. Então eu esperei do lado de fora e, quando saía do escritório, disse a ela:

— "Eu preciso fazer apenas duas perguntas sobre a situação da Agne."

Antes que tivesse a chance de perguntar qualquer coisa, a psicóloga respondeu:

— "Você está tentando me controlar e me manipular".

Olhei nos olhos dela e foi quando entendi que essa mulher era esquizofrênica e a fonte das palavras de Agne. Ao perceber isso, tive que mudar minha abordagem:

— "Se você acha que um estranho que você nunca conheceu antes está tentando controlá-la e manipulá-la, só porque ele precisa fazer duas perguntas, você é uma psicopata, e mais mentalmente doente do que qualquer um dos seus pacientes, e você não deveria trabalhar como psicóloga clínica porque precisa de mais ajuda do que qualquer outra pessoa vindo aqui. Você deveria estar em um hospital psiquiátrico como paciente e não trabalhando como psicóloga. O que você está fazendo é um crime."

Depois de ouvir isto, esta mulher grande, gorda como um hipopótamo, fugiu de mim enquanto reclamava o tempo todo, e Agne fez o mesmo quando voltava para casa. Agne realmente me culpou por desmascarar a psicóloga como uma fraude, roubando seu dinheiro e manipulando-a. Ou talvez ela estivesse com raiva de mim, porque nunca foi seu propósito ser ajudada e mudada, mas apenas aprender a usar a estratégia da violência doméstica para controlar-me e controlar a opinião dos outros sobre a relação. Qualquer que seja o caso, uma psicóloga tem que ser muito estúpida para não perceber como é ilógico chamar uma pessoa de vítima de abuso doméstico, quando o 'abusador' realmente expulsou a 'vítima' da casa, e é a 'vítima' que se mantém voltando e pedindo ao 'agressor' para ficar em sua vida.

Isto é "abuso doméstico"? Ou ambas, paciente e psicóloga, estão mentalmente doentes? Ou Agne escolheu esta psicóloga de propósito, depois de saber que esta mulher é obcecada por histórias de abuso doméstico? Eu não sei ao certo, mas acredito que Agne nunca parou de visitá-la, pois ela sempre fez o que queria pelas minhas costas e por muitos meses continuou insistindo na mesma narrativa:

— "Você é agressivo; você está me manipulando; você está tentando me controlar."

Agne tem uma tendência a repetir as frases dos outros como um papagaio.

Sua colega de quarto gay disse a ela que sou velho demais para ela, e ela também repetiu para mim:

— "Você é muito velho pra mim."

Um colega do trabalho dela uma vez nos viu juntos e disse a ela no trabalho que não combinamos juntos, e ela entendeu isso como uma verdade e repetiu para mim:

— "Nós não combinamos juntos."

Alguém no trabalho também lhe disse que ela gosta de Sugar Daddies, e ela continuou repetindo para mim:

— "Eu não sou sua filha."

Sim, estas são suas palavras exatas. Mas tem mais. Em agosto de 2018, uma de suas amigas, Ramune, veio da Londres para a Lituânia, para visitar Agne, e eu não queria que elas fossem juntas em clubes, portanto essa amiga dela começou a me insultar a Agne, para convencê-la a se separar de mim, porque todas suas amigas são basicamente como crianças mimadas e imaturas.

Em vez de me defender e proteger o relacionamento, Agne repetiu para mim as mesmas palavras de sua amiga:

— "Você é muito feio para mim, eu mereço um homem mais bonito, porque eu sou bonita, e você é gordo e muito velho para mim."

O mesmo ocorreu com outra amiga dela, chamada Samatha, que disse a ela que eu estava tentando trapacear ligado para seu celular várias vezes. Ela acreditou nessa Samantha e me disse:

— "Eu a conheço há muitos mais anos do que conheço você. Ela é da minha cidade natal e você apareceu recentemente em minha vida, do nada. Claro que acredito nela."

É assim que Agne racionaliza a verdade. Ela considera uma pessoa que tenta destruir seu relacionamento com mentiras e insultos mais importante do que eu, basicamente, porque ela conhece essa pessoa por mais tempo do que me conhece. Ou talvez Agne minta tanto, que seu cérebro esteja completamente danificado, e ela não tenha mais ideia do que é verdade e do que não é.

Quão louca uma pessoa deve ser para analisar a realidade de tal maneira? E ainda assim, dizer que Agne é mentalmente doente, é subestimar seriamente a gravidade da situação, porque ela também sofre de desequilíbrio hormonal, fazendo-a oscilar entre depressão e raiva, e também desenvolver cistos em seu corpo. É por isso que logo depois de festejar com suas amigas por semanas, se embriagando quase todas as noites com várias bebidas pesadas, um de seus cistos ovarianos rebentou, fazendo com que ela tivesse um sangramento interno e quase morresse.

Quando ela estava perdendo a consciência e prestes a morrer, só ligou para duas pessoas: sua mãe e eu.

Eu disse a ela que precisava ir a um hospital com urgência. Também disse a ela que deveria acordar seu amigo Marius, já que ela poderia morrer se não houvesse ninguém por perto para chamar a ambulância, caso ela desmaiasse permanentemente. Mas Agne recusou-se a acordar seu amigo. Interessante, como ela prefere morrer do que acordar o amigo das bebidas, mas me telefona para salvar sua vida, depois de me dizer que não a mereço porque sou muito feio.

Naquela noite, ela foi levada para um hospital de ambulância, e foi submetida a uma operação de emergência. E eu não dormi a noite inteira pensando que poderia ser a última vez que falei com ela.

Talvez ela merecesse isso. Talvez tenha sido karma. Talvez ela estivesse sendo punida. Talvez ela devesse ter morrido. Mas rezei muito para que ela não morresse naquela noite.

Ela não sabia onde a ambulância a estava levando, mas consegui encontrar o hospital no dia seguinte, e depois a visitei todos os dias, com refeições preparadas por mim para o almoço e o jantar, além de frutas. Passei o dia inteiro, todos os dias da semana, ao lado dela naquele hospital. Ninguém mais, nem mesmo seus amigos do álcool, foram visitá-la.

Mudou alguma coisa? Ela aprendeu alguma coisa com a experiência? Eu pensei que ela mudaria depois disso, mas a resposta dela foi:

— "Você apenas fez o que tem que fazer como namorado."

Em outras palavras, Agne não aprecia nada, e nem consegue reconhecer o fato de que nenhuma das pessoas que ela coloca à minha frente se importou com seu bem-estar. Ninguém mais foi para vê-la. E exatamente um ano depois, ela repetiria o mesmo cenário, dessa vez visitando Ramune em Inglaterra.

Pessoalmente, me senti triste ao ver uma pessoa tão estúpida, recebendo uma transfusão de sangue, cheia de tubos saindo de seu corpo, depois de quase morrer, e não aprendendo nada sobre essa experiência. Levando em consideração que antes desse incidente ela estava tentando encontrar um novo namorado, como ela admitiu, e provavelmente teve relações sexuais com outros homens, mesmo que nunca admitisse isso, teve sorte de eu estar lá para visitá-la, ou mesmo para pegar o celular e me preocupar com a saúde dela, em vez de simplesmente deixá-la sofrer e morrer sozinha. Por essa razão, duvido que Agne aprenda alguma coisa da vida. Se nem mesmo as experiências de quase morte a mudam, nada mudará.

Agne tem a aura de alguém que procura a morte. Ela não tem empatia por ninguém, faz sexo desprotegido com vários homens, desenvolve facilmente cistos em seu corpo e pode morrer a qualquer momento, seja por câncer, doenças sexualmente transmissíveis ou por sua própria raiva, já que a vi me insultando enquanto dirigindo calmamente um carro.

Agne já é um desastre completo de um ser humano, sem regras, sem moral, ou limites, sem responsabilidade ou mesmo respeito, e ela também me disse que constantemente tem pensamentos suicidas. No total, o Agne é um coquetel completo de venenos.

Sua amada psicóloga disse a ela para telefonar sempre que está prestes a se suicidar, e me pergunto por que essa psicóloga está sendo paga para literalmente incentivar os pacientes a cometerem suicídio. Parece mais que a Lituânia é um país onde pessoas com problemas mentais visitam psicólogos que são psicopatas. Eu realmente me pergunto quem neste mundo poderia ajudar Agne, se até mesmo seu próprio irmão narcisista diz na minha frente:

— "Um dia você vai descobrir que seu namorado não é quem ele diz ser, mas um traficante, e está escondendo as drogas debaixo da cama."

É triste quando as pessoas são tão estúpidas que não conseguem se ajudar, mas pensam que são uma família. Eu certamente era mais uma família para Agne do que qualquer outra pessoa, e talvez seja por isso que ela me odiava tanto, porque não podia aceitar seu próprio ódio contra eles.

# Porque Ela Não Pode Ser Feliz?

Agne disse muitas vezes que se sente inútil no relacionamento, porque eu posso fazer tudo e até fazer melhor que ela; Eu cozinho melhor que ela, eu sei mais do que ela, e eu não preciso da ajuda dela para nada. E talvez seja por isso que ela se ressente e acaba criando problemas. Ela parece ter uma mentalidade competitiva, enraizada no egoísmo. Seu senso de superioridade torna insuportável para ela aceitar qualquer um que seja de alguma forma superior, embora, ironicamente, ela busque esse tipo de homem para alimentar seu próprio ego.

Eu sempre disse a ela que só precisa me respeitar. Além disso, se eu cozinhar melhor, também posso cozinhar mais vezes para ela, e ela também pode apreciar isso. Se eu sei mais, sua vida se torna mais simples e fácil. E se sou independente, ela pode se concentrar em outras coisas com seu tempo. E, no entanto, essas qualidades de alguma forma não se encaixam em seu cérebro. Porque ela se contradiz completamente e nem consegue ver os benefícios.

Agne também gosta do drama, apesar de afirmar que não. Tenho notado que ela briga toda vez que a relação está estável e indo bem, como se não conseguisse lidar com a felicidade. Ela também está sempre me triangulando com outras pessoas, me colocando em brigas baseadas em "ela disse" e "ela disse isto e aquilo, sobre você".

Agne parece sempre se sentir entediada com tudo e precisando de entretenimento constante. E certamente não tenho muito tempo disponível para lhe dar atenção com todo o meu trabalho.

Eu não entendo porque ela se comporta assim, pois fiz muito por ela e permiti que ela desfrutasse de um estilo de vida melhor. Até aluguei um apartamento perto do rio, perto do trabalho dela, e perto de uma floresta, para que ela pudesse caminhar até o trabalho, praticar esportes e ter um estilo de vida mais saudável.

Ela parece não apreciar nada disso, apesar de ter lhe oferecido tudo para viver uma vida feliz, cem vezes melhor do que a que tinha antes de me conhecer, e que me deprimiu seriamente e me fez sentir doente ao descobrir.

Também dei a ela um propósito de vida, deixando-a ter um estilo de vida mais familiar comigo e imaginando a possibilidade de ser casada com alguém, o que aumentou seu senso de significado na vida e auto-estima.

Eu estava realmente fazendo o meu melhor para fazê-la feliz e mantê-la feliz. Eu sempre disse a ela que gostaria de ter uma família com ela e muitas vezes conversamos sobre criar filhos juntos. Até mostrei a ela como minha vasta experiência em educação e a trabalhar com muitas crianças facilitaria a educação de nossas futuras crianças.

Ajudei-a a ver o verdadeiro valor de seus amigos e a diferenciá-los, descrevendo de que maneira eles querem o seu melhor ou não. Ensinei-a a ver que quase todas as suas amigas não têm o seu melhor interesse em mente e são na verdade egoístas e não me querem com ela, pois ao tornar Agne numa pessoa melhor, ela não estaria mais com suas amigas, e de alguma forma elas percebiam isso. Mas mais do que explicar, dei a ela o conhecimento através de muitos livros mostrando isso. E fiz isso porque queria protegê-la de más influências.

Eu lhe fiz ver as muitas maneiras pelas quais ela poderia ser mais feliz, muito mais do que antes, quando só podia ver a felicidade ao ficar bêbada. Ela aprendeu a curtir passeios no parque, alimentar os pássaros na varanda ou os patos no rio, praticar esportes comigo e até mesmo ler ao meu lado. Ela nunca tinha viajado com um namorado antes, e penso que gostou disso também, como quando a levei comigo para Espanha, Portugal, Holanda, França e Polônia. Foi quando ela pensou ainda mais em abandonar seu estilo de vida na Lituânia e passar mais tempo comigo, ajudando-me no meu trabalho também. Ela nunca gostou de seu trabalho de qualquer maneira. Ela estava sempre reclamando sobre isso, especialmente a rotina de ficar presa em um escritório.

Isso nunca aconteceu porque eu temia por seus problemas de saúde, sabendo que ela precisaria de muitos cuidados médicos, e seria melhor que ficasse por mais alguns anos na Lituânia.

Eu acreditava que ela queria passar mais tempo comigo porque era realmente mais feliz assim. Ela adorava fazer parte do meu estilo de vida e viajar comigo. Mas destruiu tudo por causa do que suas amigas diziam e porque não consegue se controlar. E posso entender por que suas amigas me odeiam tanto, pois a fiz parar de ficar bêbada todo fim de semana, e aumentei seu senso de propósito na vida. Ela até começou a se vestir mais como uma adulta e sendo mais confiante do que nunca, como ela mesma confirmou:

— "É a primeira vez que moro em uma casa normal desde que deixei a casa dos meus pais."

— "Eu me sinto muito mais feminina e confiante desde que estou com você."

Eu acabaria percebendo que Agne não pode ser feliz, mesmo que eu tenha sacrificado minha própria vida social por ela. Do meu lado, perdi todos os meus amigos na Lituânia porque ela não sabe como se comportar adequadamente em público. Ela me envergonhou o tempo todo. Os homens estão sempre tentando seduzi-la, e ela permite, porque gosta da atenção. Eu tive muitas brigas com ela por causa desse tipo de comportamento em público. Ela não é uma pessoa que tenho orgulho de trazer comigo para qualquer lugar. Ela é atraente, mas não sabe como se comportar e me faz parecer um idiota o tempo todo, e eu realmente odeio isso em uma mulher. Eu basicamente parei de levá-la a qualquer lugar comigo, e para não deixá-la sozinha em casa, também parei de ir a qualquer lugar sozinho.

Foi quando ela ficou ainda mais entediada, ressentida e zangada, e começou a considerar deixar o relacionamento para ir em clubes com seus próprios amigos, enquanto procurava um novo parceiro, o que acredito que ela fez, várias vezes, mesmo que apenas para sexo casual.

Minha vida com Agne não deu em nada. Ela não pode se comprometer, não pode persistir em qualquer tarefa, e muda de idéias com frequência. Por exemplo, ela pode dizer que quer deixar o emprego, mas está sempre assistindo a filmes e não me ajudou com nada relacionado ao que faço. Ela provavelmente só queria que eu a apoiasse, para ser seu patrocinador, sem ter que seguir qualquer regra ou fazer qualquer trabalho.

Ela também disse que queria mudar de país, mas não pesquisou nada sobre outros países, está muito ligada ao seu próprio país e estava sempre me culpando por não querer ficar. Ela também reclamou de qualquer país para onde escolhi mudar. Ela nem gosta de Copenhaga, que ela visita muitas vezes por causa de sua família morando e trabalhando lá. E inicialmente considerei essa cidade como uma boa opção para ela, já que estaria perto de sua própria família. Mas acho que Agne nunca quis isso, pois eles teriam mais controle sobre as coisas que ela prefere manter em segredo.

Em outras palavras, forçando-a a melhorar a si mesma, estava apenas prolongando a ilusão de que posso fazer qualquer coisa por ela. É da sua natureza ser autodestrutiva e continuar sendo pior.

Agne tem aquela vitalidade de uma jovem de 25 anos que eu não tenho e uma vontade de explorar a vida, fazer esportes e viajar, que eu sinto falta quando estou sozinho. Se não fosse pelo seu lado insano e irresponsável, ela poderia ter um impacto muito bom no meu estilo de vida e vice-versa. Porque, se ela me ajudasse mais e não me insultasse tanto, poderia em um curto espaço de tempo deixar o emprego e aproveitar mais o estilo de vida que quer.

Em vez disso, vi nela uma criança mimada exigindo demais, mas não indo a lugar algum e não fazendo nada para merecê-lo, enquanto aumentava meu risco de fracasso. Eu não posso trabalhar quando estou com raiva de alguém e ela não tem responsabilidade alguma, pelo que dar a ela mais seria apenas implicar uma maior probabilidade de fracasso. Eu desperdicei muito dinheiro para evitá-la em casa e trabalhar fora, em cafeterias, já que estava fazendo todas as minhas refeições em restaurantes.

Ela disse uma vez algo relacionado a esses comportamentos que me fez pensar:

— "Talvez se eu deixar o país com você, todas essas pessoas que afetam o meu comportamento parem de causar impacto em nossa vida e assim eu mudarei facilmente."

Eu disse a ela que, embora seja provavelmente verdade, não posso apostar minha vida nisso. A vida simplesmente não funciona assim. Agne pode ser carinhosa e alegre e está sempre à procura de aventuras. Ela pode tornar a vida interessante. Mas ela também é muito agressiva, insultante e desrespeitosa. Ela trai muito facilmente. E eu não posso lidar com esse lado sombrio dela, especialmente quando começou a gritar dentro de casa.

## AGNE: NA MENTE DE UMA NARCISISTA

Eu disse a ela muitas vezes para não fazer isso. Minha mãe também era totalmente insana, sempre gritando comigo. Mas penso que Agne começou a gritar mais quando disse a ela que não gostava disso, porque minha mãe fez o mesmo durante toda a minha vida. Sua vontade de me torturar me faz odiá-la ainda mais. Mas ela parece gostar disso, pois isso lhe dá um impulso narcisista. Me deixar louco faz com que ela se sinta no controle.

Eu não acho que o casamento mudaria essa situação. Em maio de 2017 — apenas três meses depois de começarmos a namorar — ela me pediu um anel de ouro para o aniversário dela. Ela foi muito específica, depois de pedir um carro, férias na Tailândia e um celular, e que eu me recusei a oferecer.

Agne ficou muito feliz em receber o anel e prometeu muito, mas não mudou nada. Na verdade, acho que a sensação de ter direito a tudo a fez mais desrespeitosa comigo. Como resultado, e porque tivemos uma grande briga em maio de 2018, não apenas não lhe ofereci nada em seu aniversário de 24 anos, mas também ela passou esse dia chorando sozinha em seu pequeno quarto onde mora desde então.

A briga começou porque ela disse que gostaria de viajar para Portugal comigo, mas quando perguntei o que ela faria, se visse o seu ex-namorado Africano e os outros caras com quem ela teve sexo, respondeu:

— "Eu falaria com eles. Eu não posso ignorá-los e fingir que eles não existem. Você não pode me impedir de falar com meus ex-namorados."

Por que essas palavras são tão significativas para mim? Além do óbvio, durante o tempo em que vivi com Agne, muitas vezes ela não chegava em casa depois do trabalho e se recusava a me dizer onde estava, para onde ia e com quem. Sempre que ligava para o celular dela, ela não atendia, ou me dizia, enquanto ria, que estava em um bar ou dormindo em seu loft. Às vezes, ela não dormia em minha casa ou chegava atrasada, às 4 da manhã ou por volta dessa hora.

Eu perguntei a ela muitas vezes se estava me traindo, e ela continuava negando isso. No entanto, confessou que estava pensando em me enganar o tempo todo. E acredito que ela realmente o fez, e não estava apenas pensando nisso. Eu só posso imaginar se ela já estava e indiretamente confessando seus comportamentos de traição. A evidência de que ela traiu era comum, como quando ela ficava em silêncio, como se admitisse sua culpa, quando eu dizia:

— "Você sabe Agne, um tribunal não precisa ver o crime para colocar o criminoso na cadeia."

Eu questionei muitas vezes se ela trapaceou e com quantos caras ela tinha dormido antes de me conhecer, para saber o quanto ela realmente é promíscua, e sua resposta, com seu mesmo sorriso cínico, foi:

— "Não me pergunte sobre essas coisas se você não estiver preparado para ouvir a verdade".

Eu posso ver, pelas suas próprias palavras, que ela dormiu com pelo menos dez estranhos em apenas um ano — 2016, ainda com apenas 22 anos. E, de acordo com meus cálculos, ela provavelmente estava fazendo sexo com um homem diferente a cada semana. A frase "Eu não posso viver sem sexo" combina perfeitamente com os números. E é realmente muito fácil para ela ir em uma boate e conseguir um parceiro por uma noite. Ela é atraente e está acostumada a fazer as duas coisas — a balada e o sexo por uma noite com completos estranhos. Seu ritual de estar sempre bêbada às sextas-feiras e flertar com os homens, certamente a predispõe para o que ela mais gosta — sexo casual com alguém que ela não verá mais depois disso. Sendo viciada em caçar homens para sexo, mesmo quando recusavam, ela pedia para encontrá-los à noite e ir se embebedar com ela num bar.

Agora, não nos esqueçamos de que o loft de Agne não era nada mais do que um pequeno quarto. Mas ela não sentiu vergonha de dizer isso a eles quando os convidava para dormir lá. Em todas as mensagens que encontrei, ela era muito explícita sobre as acomodações, deixando claro que eles iriam dormir com ela. Na verdade, não havia outra maneira de não vê-la nua depois do banho, porque ela teria que se despir e se vestir dentro do mesmo espaço, que era basicamente uma caixa sem nada dentro; certamente, nenhuma possibilidade de privacidade.

É intrigante como Agne estava sempre repetindo que eu estava tentando mantê-la em uma caixa, enquanto ela era a única vivendo dentro de uma caixa e trazendo homens para lá. Aos 22 anos, Agne já sabia como estimular os homens e exigir sexo sem qualquer possibilidade de rejeição. E ela se aproveitou disso para fazer sexo com o maior número possível de homens. Ela não fez isso apenas com seu próprio loft, mas também quando viajava em outros países. Ela pegava caras oferecendo seu próprio quarto, para ela ser acomodada sem pagar por nada, enquanto se beneficiava do sexo com eles. Ela até fez isso quando contou à sua família que viajaria de volta a Portugal para ver seu ex-namorado africano. Ela escolheu um quarto para ficar e dormiu com o cara que a acomodava. Essa era uma prática comum quando ela admitiu:

— "Eu nunca paguei por acomodação quando viajei."

Obviamente que não, porque tudo o que ela tinha que fazer era abrir as pernas, e isso para ela era sempre livre, divertido e normal. Eu nem sei como ela poderia chamar esse africano de namorado, porque de acordo com sua própria versão da história, ele era apenas um cara saindo com seus amigos. Isso, até uma noite, quando ela já estava bêbada, e ele pediu a ela para ir com ele para o seu quarto, para terem sexo, e ela aceitou. Daquele momento em diante, ele basicamente a usou como uma boneca sexual o tempo todo. Ele nunca a levou a lugar nenhum, e não estava interessado em nada com ela além do sexo.

É realmente interessante quando ela me acusava de usá-la como uma boneca sexual, porque é o que todos os outros homens, que ela dizia serem melhores do que eu, fizeram com ela. Isso também é exatamente o que ela ofereceu a todos os homens com quem ela dormiu — seu corpo vazio, como uma boneca, para ser usado e abusado. E assim, é realmente irônico que ela me acuse do que ela já faz e sempre fez consigo mesma — oferecer seu corpo como uma boneca.

Agne: — "De acordo com suas mensagens, eu sugiro que encontre uma boneca. Um bom corpo para ter sexo, sempre uma seguidora, que não discute, não exprime sua opinião, não vai a lado algum sem você."

Agne não pareceu se importar com isso. Ela até disse que fez muito sexo com aquele africano e que ele sempre lhe dava sexo oral. E ainda assim, ela parecia estar surpresa com o fato de que quando ela pegou o avião para voltar ao seu próprio país, ele disse que não estava interessado em um relacionamento de longa distância, porque não estava interessado em qualquer relacionamento com ela sem sexo.

Agne não aprende nenhuma de suas lições, mas compara todos os homens da mesma maneira. Ela me compara muito com suas aventuras sexuais. E esse é o paradoxo de sua imbecilidade, pois ela quer um marido que se comporte como os homens com os quais ela tem aventuras sexuais. E, ao mesmo tempo, espera que esse homem seja leal, enquanto ela mantém suas escapadas para se encontrar com outros homens em segredo. Ela não é apenas promíscua e imatura, mas também muito estúpida e exigente.

Acredito que ela também se confunde, como na primeira noite em que saímos juntos, e lhe disse que estava interessado em ter um relacionamento e não apenas sexo, e quando esse africano mandou uma mensagem para ela, ela respondeu alegremente com sorrisos, depois me dizendo que não estava interessada em ter um relacionamento com ninguém.

Ela não estava interessada em ter um relacionamento porque estava se divertindo muito mais em andar no carrossel de paus, e não estava planejando desistir disso tão cedo. Ela nunca se comprometeu, ela apenas me usou, para retratar-se para a família e amigos como uma mulher normal, e não a prostituta que ela sempre foi e ainda estava sendo pelas minhas costas.

Tenho certeza de que, se ele dissesse a ela que estava indo visitá-la, ela concordaria em o encontrar de novo e me esqueceria em um instante, só para ter sexo, para ser usada de novo como uma boneca sexual.

Eu aprendi vivendo com Agne que nada lhe interessa além do sexo, e é por isso que ela precisa de vários homens. Como ela não tem emoções, o sexo sempre fica chato para ela quando está com o mesmo homem.

Agne é muito básica como ser humano. Mas comprei para ela um eReader no Natal de 2017 e enchi com centenas de livros sobre psicologia e auto-terapia. Ela nunca usou e me disse:

— "Eu nunca vou ler o que você quer que eu leia."

Ela só lê livros que outras pessoas sugerem, mesmo sendo eu quem está fazendo a pesquisa para encontrar os livros que ela mais precisa, e outras pessoas só ofereçam informações inúteis para perder tempo. É como se ela ignorasse completamente tudo o que eu faço por ela, enquanto me culpa por seus próprios comportamentos, porque nunca esteve interessada em mudar. Ela me deu essa expectativa apenas para me manter no relacionamento.

Apesar da minha paciência e tudo o que fiz por Agne, ela afirma que nunca a ajudei. E, no entanto, em toda a sua vida, ninguém nunca a ajudou mais do que eu, e ninguém jamais o fará. Ofereci-lhe muitas oportunidades para mudar completamente todo o seu futuro. Eu estava até mesmo disposto a compartilhar o rendimento dos meus negócios com ela, sem qualquer outra razão do que morar comigo. E o que Agne fez por mim? Nada! Ela nem gosta de cozinhar. E passa as tardes depois do trabalho em seu celular. Ela literalmente brinca com o celular por mais de cinco horas sem parar, até que adormece, muitas vezes com o celular nas mãos.

# AGNE: NA MENTE DE UMA NARCISISTA

Eu sempre me senti estressado com ela, o que me deixou incapaz de dormir à noite. E quando eu não conseguia dormir, ela piorava, como se tentasse me empurrar para os limites. Às vezes ela até me batia de propósito, enquanto fingia que estava dormindo. Uma noite ela fez isso duas vezes — primeiro com uma cabeçada e depois com um soco no meu rosto.

Nenhum ser humano pode lidar com tanta pressão, provocações constantes, abuso emocional e tortura diariamente. Ela trata todos os seus amigos muito bem, mas me trata como lixo. E por que ela não tenta insultar outras pessoas como me insulta para ver quem é mais paciente? Em vez disso, com outros, como eu vi, ela fecha a boca. E eles podem até zombar dela, porque ela não diz nada em troca. Ela vive em um mundo preto e branco, no qual tudo o que seus amigos fazem ou dizem é bom, e tudo que eu digo ou faço é ruim. Por alguma razão misteriosa, eu sou a pessoa ruim para ela, e todo mundo é bom, o que significa que tudo o que eu fiz por ela não significa nada, e o nada que os outros fazem por ela é suficiente.

# O Labirinto Infernal

Antes do final de 2017, fui com a Agne para fazer um curso de comunicação. Foi minha sugestão por um bom tempo, pois achei que poderia ajudá-la. Eu já tinha feito esse curso de comunicação duas vezes. Esta seria minha terceira experiência.

Os exercícios iniciais foram muito simples. Tudo o que ela tinha que fazer era sentar na minha frente em uma cadeira e não reagir às minhas frases. Ela acreditava que poderia terminar esses exercícios muito rapidamente, mas isso estava longe de acontecer.

No entanto, Agne gostou muito do processo, especialmente quando a fazia rir.

Eu então comecei a usar palavras-chave específicas, subindo e descendo na escala emocional. Eu consegui que ela reagisse ao medo, o que parecia ser a emoção mais forte para ela. E então passei duas horas chamando-a de "covarde". Por alguma razão, essa palavra criou a mais forte reação emocional.

Foi uma experiência bastante interessante, porque toda vez que a chamava de covarde ela ficava furiosa. Ela começou a se comportar exatamente como se comporta comigo em privado e até mesmo chutou com raiva minha perna na frente da supervisora.

Ela então persistiu em fazer suas expressões de desprezo e ressentimento. Em um ponto, ela não conseguia nem olhar mais para os meus olhos.

Eu continuei, agora conectando a palavra "covarde" com outras, para testar o que aconteceria. Eu não tenho ideia do motivo porque decidi fazer isso, mas talvez fosse apenas um instinto. Eu sabia que essa "covardia" teria que combinar com outra coisa, mais profunda em sua mente subconsciente.

Então, decidi tocar seu ponto mais sensível — sua família. Foi quando ela realmente ficou brava.

Para mim, pessoalmente, os resultados foram ficando cada vez mais interessantes ao longo da experiência. Porque você vê, não creio que ela estava percebendo que estávamos apenas fazendo um exercício e eu estava ajudando ela. Ela estava completamente alheia a por que estávamos lá e por que estava dizendo essas coisas, como se inconsciente de todo o propósito dos exercícios.

Decidi, então, concentrar-me nos principais conceitos restimulativos — os que mais afetam o relacionamento — e obtive alguns insights cruciais ao fazer isso.

Aparentemente, na cabeça dela, pai é igual a covarde, e mãe é igual a covarde também. Ela odeia os dois, mas reprime seus sentimentos por causa do "complexo familiar" — a necessidade de amá-los e aceitá-los ao mesmo tempo. E porque aceita duas pessoas que ela odeia e considera covardes (e até reprime suas emoções e seus pensamentos sobre eles), ela inevitavelmente inverte o ciclo natural de seus pensamentos. Ela começou a odiar-se a si mesma porque não pode confrontá-los e seus sentimentos reais sobre eles. Em outras palavras, Agne pensa em si mesma como uma covarde — sem valor e indigna.

Seu ódio dirigido a si mesma é uma conseqüência direta do reprimir de suas emoções em relação aos pais, e esses sentimentos vêm à tona sempre que ela ama alguém — na forma de amor indigno. Mas porque odiar alguém que amamos é insano, ela inverte o processo, projetando seus próprios pensamentos e emoções para a pessoa que ama, ou seja, o parceiro. É assim que o "amor indigno" se torna o "amor impossível"; em sua cabeça, não porque ela seja incapaz de aceitar o amor, mas porque o parceiro é incapaz de amar, mesmo que seja ela quem está constantemente negando, através de diferentes estratégias, e até trapaceando para evitá-lo.

É por isso que ela me disse muitas vezes, "não sei o que fiz para merecer você", e ao mesmo tempo me insultou e me provocou para me acusar de ser malvado, agressivo, controlador, etc.

O parceiro tem que ser necessariamente retratado como diabólico, mesmo que ela sempre procure a pessoa mais carinhosa e amorosa que possa encontrar, e facilmente se entedie com tal homem, enquanto mantém sua busca por aventuras sexuais com estranhos. É no "estranho" que ela mais sente excitação, como se buscasse o que ela evita — validação privada de amor.

O equilíbrio ideal para Agne consiste em duas realidades: o parceiro que a ama enquanto ela o agride, e o harém de parceiros sexuais para validar sua persona falsa. Ao possuir estes dois lado, ela coloca sua personalidade doente em um equilíbrio ideal entre sua doença e sua máscara social.

É verdade quando ela diz que me ama, assim como quando diz que me odeia. Isso é o que o amor é para ela — amor e ódio ao mesmo tempo, como o que ela sente em relação aos pais. Eu reflito nela aquele mundo interior, muito familiar.

Depois que percebi isso, tudo começou a ficar mais claro para mim. Porque, você vê, ela também reagiu à conexão entre as palavras "amigos" e "covardes". E foi aí que comecei a perceber toda a imagem — todo o mapa mental dela — se desdobrando diante de mim.

Entendo agora que Agne só tem covardes como amigos porque ela é anti-social, e teme as pessoas que têm mais conhecimento, poder ou habilidades do que ela. Ter amigos idiotas que também são covardes a faz se sentir segura. É uma forma de sociopatia, mas também conveniente. Os relacionamentos que ela desenvolve com seus amigos são, de alguma forma, um contrapeso ao relacionamento que ela tem com sua família, razão pela qual ela não pode se separar das "más companhias" e usa como argumento:

— "Eu os conheço há mais tempo do que conheço você."

Ou até mesmo:

— "Eu sou sempre legal com meus amigos porque os amo."

Agne odeia sua mãe porque sua mãe não pode se defender, e foi incapaz, tanto fisicamente quanto financeiramente, de se proteger contra os abusos de seu pai. E, naturalmente, ela odeia o pai também, porque ele é um valentão que costumava espancar violentamente sua mãe, o que para ela também é uma forma de covardia. E porque muitos desses incidentes ocorreram na frente dela, ela se odeia por ser fraca e vulnerável, incapaz de proteger sua mãe e confrontar seu pai.

Estar em um relacionamento é para ela voltar à infância — agressão e covardia. Ela precisa ansiosamente estar no controle de ambas as emoções, manipulando seu parceiro para reagir emocionalmente nos dois sentidos e atacando-o para escapar de seus próprios medos. Se faz algum sentido, Agne recupera o autocontrole criando o caos na forma de drama, mesmo que isso possa ter consequências drásticas em sua vida. Ela negligencia as conseqüências em favor da eliminação do medo. É por isso que ela me culpou por expulsá-la de casa, como se eu devesse aceitar o abuso.

Esse tipo de trauma é o que a levou a escolher sempre namorados apenas para sexo, ou apenas através do sexo, pois a falta de amor, a atração baseada em elementos superficiais, a ilusão que ela retrata (a máscara que ela usa), fazem ela se sentir segura, enquanto o amor desperta sentimentos de medo dentro dela.

Agne não pode amar porque isso a expõe como a criança imatura que é. É por isso que ela rejeita homens que mostram seu amor, pois eles a fazem sentir vulnerável e com medo. Como ela mesma disse:

— "Eu nunca quero homens que me escolham; Preciso ser eu a escolhê-los."

Isso explica também porque ela largou um de seus ex-namorados, sobre quem ela disse o seguinte:

— "Ele estava me irritando dizendo o tempo todo que estava apaixonado por mim."

Encontramos aqui também a explicação de por que ela estava dizendo várias vezes, enquanto ria:

— "Por que quer estar com alguém que não ama você?"

Ela precisa eliminar o amor do relacionamento devido ao medo. Porque ela sabe que, sempre que tem medo, começa a dramatizar sua infância, escolhendo papéis e alternando-os. É como se de alguma forma ela precisasse perguntar: por que você quer estar com alguém que não pode amar?

Em vez disso, ela usa o "Não ama você" para projetar culpa no parceiro e forçá-lo a aceitá-la como ela é, com sua necessidade de abuso psicológico.

Sempre no meio de seu drama, ela escolhe ser o pai abusivo ou a vítima — a mãe. E se ela não pode ser um deles, vai fugir como uma covarde e, em seguida, suprimir todas as suas emoções com álcool e cannabis, o que equivale a se esconder sob os lençóis, o que ela também faz, como fazia quando era criança. Em ambas as situações, há a necessidade de "desaparecer", ser como "nada", porque Agne nunca cresceu além de sua infância.

Em uma visão muito distorcida da realidade, Agne aprendeu a se desvalorizar para diminuir o risco de sofrer. Ajudar Agne a se tornar uma pessoa melhor, como fiz, é de fato aumentar seu senso de vulnerabilidade.

Quanto mais a ajudava, mais ela me temia, e mais ela me acusava de querer controlá-la e manipulá-la, o que era o que ela mesma estava fazendo. Durante o tempo em que Agne morou comigo, foi o que ela fez depois de cada discussão, em que não conseguia satisfazer suas necessidades egoístas. Ela ou se escondia debaixo dos lençóis, chorando como uma criancinha, ou saía de casa para ficar bêbada e fumar maconha com os amigos, depois de ter suas típicas birras de terror.

Se ela não puder fugir, fará o melhor para destruir o relacionamento e fazer com que seu parceiro saia, gritando, insultando e até sendo fisicamente agressiva. E, no entanto, esse é um ciclo inevitável, sempre que ela se sente amada e desejada. Quanto mais um homem a ama, mais ela sente uma claustrofobia ansiosa, um medo de sofrer. Por padrão, Agne tem que desprezar o amor. E é por isso que ela ri de homens que se apaixonam por ela e facilmente os descarta.

Apesar disso, suas emoções não são a única fonte de desencadeamento de tais traumas de infância. Até o silêncio faz isso. Ela cria brigas sempre que há silêncio ou sempre que está feliz, porque, segundo ela,...

— "Foi quando tudo estava bom que o drama começou."

Ela recria o drama para se sentir no controle de sua vida, porque seu cérebro continua dizendo a ela que tanto tranquilidade quanto felicidade igualam a medo e sofrimento, ou seja, tranquilidade e felicidade igualam perigo. Qualquer momento de tranquilidade ou felicidade irá desencadear seus traumas. E porque ela os suprimiu, não pode identificar a fonte de suas emoções, razão pela qual ela dramatiza criando brigas.

Outra coisa que queria saber era por que ela me escolheu para suas demonstrações de insanidade. E foi aí que me lembrei dela dizendo:

— "Eu gosto de você porque me faz sentir segura."

Como mencionado anteriormente, ela procura o que mais teme. E esse é o dilema dela e a razão pela qual nunca pode ser feliz com ninguém. A fim de diminuir seu nível de medo, ela teria que diminuir também as expectativas que procura, ou seja, escolhendo um homem que ela nunca amará. E é por isso que ela continua voltando para mim, pois não quer esse homem também. Esse tipo de homem é aquele com quem ela transa e nunca ama.

Por outro lado, isso também explica por que ela me traiu várias vezes, pois precisava apagar o medo de perder o amor fazendo sexo com outros homens. Na verdade, não há melhor maneira de manter um relacionamento sem amor do que trair.

Essa é a motivação por trás de frases como:

— "Eu fiz sexo com eles porque sabia que nunca mais os veria novamente."

Ou,

— "Eu fiz sexo com muitos caras feios porque preciso de sexo."

É fácil não amar um homem feio depois do sexo, como é fazer sexo com alguém que tenha que desaparecer e ir embora para outro país. Mesmo que ela queira trair, ela sempre, e invariavelmente, sentirá a necessidade de voltar para a pessoa que deu sua validação na forma de "amor não manifestado", se isso fizer algum sentido. É por isso que, toda vez que ela me traiu com outros homens, sentiu necessidade de voltar ao relacionamento. Eu sou aquele que representa confiança, força, inteligência e tudo o mais que ela mais quer em sua vida — o homem que valida seu futuro e, ao fazê-lo, representa o amor não manifestado, mas também aquele que ela não pode ter porque ela sabe que é indigna. E é por isso que ela disse:

— "Mesmo que nunca encontre ninguém melhor que você, não quero ninguém que me trate tão mal como você me trata."

Esta frase é na verdade uma projeção, refletindo o que ela realmente quer. O "me trata tão mal" está relacionado às conseqüências de seus próprios comportamentos, que ela justifica para evitar a introspecção (a necessidade de aceitar seu ódio pelos pais, seus medos irracionais e seu senso de indignidade, assim como a culpa e a vergonha que ela sente mas não consegue processar); e o "nunca encontre alguém melhor que você" está relacionado às muitas qualidades que ela quer em um homem e encontrou em mim. É também simultaneamente uma projeção de sua culpa por me trair.

Ela interpreta essa contradição me apresentando à sua família como aquele com quem quer se casar, aquele que valida sua dignidade, ao mesmo tempo que destrói minha reputação e me retrata como o bode expiatório de seus erros, para evitar ser responsabilizada. Ou seja, ela odeia o fato de me amar e trai para negar esse amor, pois isso obriga ela a introspectar suas ações. E é por isso que ela diz, quando está apaixonada e confusa sobre suas próprias necessidades e ações:

— "Te odeio."

Essa é outra projeção. Ela realmente se odeia. Para provar isso está o fato de que, se eu não aceito o ódio e até mesmo riu disso, ela começa a se odiar, o que leva às emoções de culpa e vergonha — as emoções que ela não pode aceitar em si mesma, e ainda mais ao longo do tempo, por causa de todas as coisas que ela faz nas minhas costas. É por isso que ela chora e sente falta de mim quando estou separado dela, mas facilmente me descarta por novos homens, festas e outras formas de entretenimento. Torna-se mais importante para ela anular tais emoções, ao invés de realmente aprender com seus erros, pelo que depois do sexo ela recria mais drama para justificar outra separação. Essa é a razão pela qual ela me oferece sexo, já que o próprio sexo com alguém que ela ama é suficiente para anular toda a culpa e vergonha recriada com cada desapego ou traição. Quando temos sexo, valido seu abuso e me torno indigno de respeito. Deveria ser o oposto, mas não para alguém como Agne.

Não há nada mais devastador para ela do que saber que sou feliz — isso aumenta seu sentimento de culpa e vergonha pelo que ela fez. E é por isso que ter sucesso na vida com alegria é a arma mais devastadora contra um narcisista.

Sempre que falo sobre meus planos para o futuro, e se eles incluem viajar, festejar e conhecer novas pessoas — as coisas que ela mais deseja — ela imediatamente começa os insultos e o processo de invalidação. Ela é realmente ferida pelos mesmos métodos que usa para ferir os outros. E essa é a fonte de sua mentalidade competitiva, de sempre querer estar à frente do "jogo do relacionamento", de querer sempre machucar mais do que a quantidade de mágoa que ela recebe (mesmo que imaginária), de ser vingativa e ressentida contra qualquer senso de justiça.

Agne se ressente do sucesso dos outros, incluindo o meu. E é por isso que ela sempre fez o melhor para me fazer desperdiçar todo o meu dinheiro, enquanto sistematicamente perguntava o quanto posso ganhar por mês. Com menos dinheiro, tenho menos energia e menos opções, e ela tem mais oportunidades e mais controle sobre minha vida também. Nada lhe dá mais satisfação do que me perguntar se preciso que ela me empreste dinheiro, e nada lhe dá mais desilusão do que me ouvir dizer não a isso.

Este ciclo também é explícito quando ela disse duas vezes — depois de uma promoção e depois de deixar seu emprego anterior:

— "Acho que ganho mais dinheiro do que você agora."

Se eu disser que ela não está ganhando mais dinheiro do que eu, fica furiosa.

## AGNE: NA MENTE DE UMA NARCISISTA

Ela deixou seu emprego anterior apenas alguns meses depois de ser promovida, o que indica que é impulsionada pelo dinheiro e competitiva por natureza, e não está interessada em estabilidade ou em fazer conexões com ninguém. Ela também não está interessada em planos de longo prazo, mas apenas no entusiasmo da novidade. Apenas o que é "novo" chama sua atenção. E isso se aplica a tudo, incluindo novos homens. Ela não consegue lidar com rotinas e repetições. Ela tem que enganar, ela tem que constantemente buscar a validação de novos homens, ela tem que constantemente fazer sexo com homens diferentes. Ela não pode sobreviver sem esse ciclo constante de necessidade de aprovação e validação na forma de sexo. É por isso que a traição a deixa orgulhosa. Ela se valida como alguém que é desejada. Porque a verdade é que, sem sexo, Agne se sente inútil.

Ela não pode obter essa validação de outra maneira. Tudo o que é dado a ela que não inclui sexo é depreciado e desvalorizado. E, no entanto, até o sexo acaba se tornando monótono para ela, porque fazer sexo com a mesma pessoa muitas vezes é validar a outra pessoa, e não ela mesma. Ela precisa, basicamente, ter sexo com homens que a querem, sem se permitir ir além disso. Por muitos meses comigo, Agne não podia nem aceitar qualquer outra posição sexual que não incluísse ela no topo. Isso prova quanto o sexo é para ela uma fonte de validação narcisista.

Ela só vai começar um relacionamento para obter validação social.

Na verdade, Agne nunca teve qualquer relacionamento porque ela nunca quis um. Ela tem medo de relacionamentos, compromisso e amor. Ela despreza as pessoas que têm compromissos.

O único relacionamento que ela quer é aquele em que ela pode se comportar como se não tivesse nenhum. Assim que um parceiro começa a exigir compromissos, Agne começa a desvalorizá-lo.

# Porque os Relacionamentos Dela Sempre Terminam?

A natureza competitiva e autodestrutiva do Agne, inevitavelmente, deteriora as bases de qualquer relacionamento — confiança, compromisso e acordos. Toda vez que ela reinicia um, já sabe que vai repetir o mesmo ciclo, sem saber por sente a necessidade de fazê-lo. E por causa disso, ela evita ser confiável, evita o compromisso e quebra todos os acordos.

A melhor prova disso aconteceu quando ela disse:

— "Eu preciso dos meus amigos, mesmo que eles te odeiem, porque eles podem me ajudar quando nos separarmos."

Agne escolhe seus amigos, que querem o relacionamento destruído e priorizam seu egoísmo em relação ao relacionamento, porque quanto mais o relacionamento se deteriora, mais ela se prepara para o estágio de desapego. Fundamentalmente, ela destrói um relacionamento de propósito, com a ajuda de outros, porque já assume que terminará de qualquer maneira.

Em vez de investir no relacionamento como uma pessoa saudável, ela investe na transição pós-relacionamento, porque não acredita que possa manter um, e não consegue lidar com o processo de separação sozinha. Ela literalmente precisa de seus amigos, que apóiam o fim de seus relacionamentos, porque eles são os únicos que podem ajudá-la a seguir em frente, mesmo que sejam os mesmos indivíduos que a ajudam a destruir tudo.

Isso também revela o fato de que ela não tem verdadeiros amigos, mas simpatizantes, também conhecidos como "macacos voadores" — pessoas que a aceitam como a fracassada que ela é e abraçam esse estado de bom grado, pois isso satisfaz suas próprias necessidades. Afinal, quanto mais solitária Agne é, mais ela precisa ficar bêbada e festejar com os outros — mais ela está disponível.

## AGNE: NA MENTE DE UMA NARCISISTA

A melhor analogia consiste em imaginar uma criança que quebra um brinquedo que não pertence a ela porque não pode tê-lo. E é por isso que Agne inverte causa e efeito ao afirmar que é ela quem não quer o relacionamento, e não o contrário.

Lembro que o maior medo dela, quando começou este relacionamento, era o abandono. Ela sempre me fazia perguntas relacionadas com isto:

— "Você pode mudar de país quando quer?"

— "Você vai me deixar se seus amigos me rejeitarem?"

— "Você vai me deixar se sua família me rejeitar?"

— "Você vai se cansar de mim um dia e me deixar?"

Agne sabe que, eventualmente, todas as suas relações se deterioram com o tempo e expiram. Isso é algo que está além do seu controle, pelo que ela diz:

— "Eu sou sempre malvada para os meus namorados e não consigo me controlar."

Ela ataca porque se sente fraca e vulnerável. Ela precisa testar os limites dos relacionamentos, mesmo que continue pressionando sem parar. Ela ataca a mesma pessoa que a faz se sentir segura, porque tem medo das mesmas coisas que a fazem se sentir segura. Ela tem medo de amar e ser abandonada, e por isso se recusa a amar e abandona. E é assim que o dilema entre protetores e agressores, sendo os mesmos dois indivíduos — mãe e pai, se desenrola em sua vida.

Eu acho que esta situação se torna mais óbvia quando levamos em consideração que durante toda a sua vida apenas o pai estava trabalhando e sustentando a família. Sua mãe era apenas uma dona de casa. E assim, o pai, sendo a mesma pessoa que apoiou financeiramente a família, que era o protetor da família, agindo como um valentão e agressor, e batendo em sua própria esposa, criou um conflito mental dentro de Agne, que a fez para sempre ficar paralisada, nesse momento, nunca se desenvolvendo psicologicamente ou emocionalmente além desse estado, nunca crescendo completamente até se tornar uma mulher. Mesmo seus traços faciais e corpo são os de uma criança e não uma mulher.

O fato de que sua mãe a abandonou para estar com seu pai, não ajudou muito a lidar com os traumas, mas criou mais desculpas para reprimi-los mais profundamente.

Paradoxalmente, o que a torna muito atraente como mulher — uma babyface e um corpo pequeno, é um sinal de sua falta de maturidade mental também. E assim, ela é como uma criança que pode atrair homens, mas não tem idéia do que fazer com eles, como se estivesse brincando com bonecos que têm vontade e emoções independentes.

Quando ela diz coisas como: "Você me trata como uma boneca", está realmente projetando suas próprias ações, porque é isso que ela faz com os homens quando "brinca com eles", como elas mesma me disse:

— "Eu só estava tentando ver se poderia te pegar."

Eu era apenas um "brinquedo divertido" para Agne. Mas fazer sexo com seus "brinquedos masculinos", ou bonecos sexuais, é tão longe quanto ela pode ir para se sentir viva e normal. Mesmo assim, quando ela convida muitos homens a fazer sexo com ela, naturalmente se sente como uma garotinha com muitos bonecos, e nem por um momento pensa em como isso é doentio.

Como ela cresceu pobre, ter a atenção masculina de indivíduos que ela vê como objetos, faz ela se sentir importante, digna, no controle e mais inteligente. É por isso que ela usa os homens como se fossem brinquedos, para brincar, para obter validação, depois abandonando-os sempre que não cumprem mais esses objetivos, sempre que se cansa dos "brinquedos" ou os brinquedos não "se comportam como ela espera que eles se comportem"— como objetos.

É basicamente por isso que ela não pode amar ou estar em um relacionamento com ninguém. Ela está interessada apenas nos estágios iniciais de validação e atenção, manifestados através de sedução e sexo. Além disso, quanto mais egocêntrica ela se torna, mais precisa de um homem que seja valioso o suficiente para elevar seu status social na forma de hipergamia. Mas quanto mais valor esse homem tem, mais independente ele será, o que contradiz completamente o que ela está procurando — um objeto para brincar, o que a leva à frustração comum e birras de terror, que inevitavelmente destroem qualquer relacionamento mais cedo ou mais tarde.

De outro ponto de vista, vemos que quanto mais sua família apóia o relacionamento que Agne tem comigo, menos valiosos são seus amigos pós-término, e mais ela tem que confrontar sua própria culpa e vergonha. E é por isso que ela não consegue lidar com a separação ao compartilhar o tempo com a família. Inevitavelmente, ela sempre se sentiu forçada a voltar para a minha vida e pedir desculpas quando estava com eles.

Como ela resolveu esse dilema? Me provocando o suficiente para criar um vídeo que ela possa mostrar para eles, provando que sou agressivo. Assim, eles podem finalmente acreditar em sua mentira, e deixá-la fazer o que ela pretendia desde o início — destruir seu próprio relacionamento.

Agne quer ter a liberdade de ser quem ela é e destruir tudo o que ela tem, e não consegue lidar com a introspecção que sua família a força a ter perante seus comportamentos irracionais.

Em resumo, Agne quer um homem que seja inteligente o suficiente para ser um provedor, um prestador de atenção, mas estúpido o suficiente para ser facilmente controlado e aceitar a manipulação, deixando-a fazer o que quiser, sem regras a seguir, mesmo que isso inclua trair com outros homens, enquanto deixa sua família no escuro sobre quem ela realmente é e o que ela faz. E eu realmente confirmei isso quando um dia ela disse:

— "Eu quero estar com você, mas te odeio muito."

Eu respondi:

— "Você quer estar comigo porque você me ama, mas você me odeia porque não pode me controlar."

Ela riu embaraçada como se tivesse sido pega com as mãos no pote de biscoitos. É assim que ela reage quando exposta, como uma criancinha sem nenhum autocontrole ou a maturidade de um adulto.

Eu obtive mais confirmação quando ela me disse que queria encontrar outra pessoa. Eu perguntei que tipo de homem ela estava procurando e sua resposta foi:

— "Um homem gentil."

Este foi o mesmo critério usado para me escolher, como ela descreveu uma vez. Mas porquê um homem gentil? Porque bondade vem da empatia, e somente a empatia pode ser usada contra um homem que é inteligente para controlá-lo.

Você só pode ter controle sobre o cérebro de um indivíduo muito inteligente, com todos os outros atributos associados a ele, como integridade, honestidade, sabedoria, confiança e até influência social, acessando seu coração e usando suas emoções contra ele. É isso que manipulação e controle realmente são. O controle da mente é sempre um método através do qual um indivíduo acessa a mente de outro, manipulando suas reações emocionais e, ao fazê-lo, remodelando sua personalidade de acordo com objetivos predefinidos. Quais metas predefinidas? No caso dela, a necessidade de se alimentar do tempo, pensamentos e emoções daquele indivíduo, copiar suas qualidades e destruir seu senso de individualidade por meio da invalidação, insultos, birras e ameaças de traição.

Agne sempre e inevitavelmente terá que colocar suas armas de punição em prática, quando seu alvo se recusa a cumprir seus objetivos. Afinal, é isso que os homens que aceitam ela se comprometem a fazer. Esse é o contrato que ela implica para eles. E é por isso que ela só toma como parceiros aqueles que concordam voluntariamente, através de sua gentileza.

Como podemos fazer isso quando uma pessoa é autoconsciente de seu próprio valor e opções? Nós removemos essas qualidades com invalidação, gaslighting e ameaças. É por isso que, desde o primeiro dia, Agne sempre me insultou, confundiu e desapareceu sem aviso.

Invalidação é o oposto da validação. Nós validamos alguém quando elogiamos, admiramos e apoiamos. Desta forma, podemos dizer que amar alguém é fazer uma pessoa mais forte e mais feliz, com um senso maior de autoestima. Uma boa esposa ou namorada é, ou deveria ser, alguém que aumenta o senso de dignidade de seu homem. Portanto, a invalidação é fazer o oposto, é fazer uma pessoa se sentir inútil. Depois disso, o senso de indignidade pode levar à codependência, onde o narcisista impõe sua própria vontade e finalmente é capaz de reinar e controlar e manipular com facilidade.

Gaslighting adiciona outra camada ao abuso, confundindo o parceiro em relação ao que foi dito ou não, e as razões por trás disso. Se o parceiro suspeitar de traição, por exemplo, ela o chama de louco e paranóico. Se ele pedir explicações sobre o que ela diz, ela dirá que nunca disse tais coisas, ou que a intenção por trás das palavras era diferente.

Qualquer homem que não pode ser manipulado é, neste sentido, um brinquedo indigno a ser descartado pela Agne. E, no entanto, qualquer homem que seja facilmente manipulado se torna um brinquedo chato, previsível, fácil de entender e também descartado por esse motivo.

Até onde esse jogo pode ir? Bem, se eu a abandonar por causa de seus comportamentos, ela sabe que não pode me controlar e, portanto, ela procura um parceiro mais digno, indo a clubes e traindo com outros homens. Quando ela tenta voltar para a minha vida e a aceito por qualquer motivo, acabo criando uma rotina à qual ela se acomoda, justificando novamente o descarte. É um jogo de perde-perde em ambos os lados.

Basicamente, Agne não acha que eu a aceito de volta por causa de suas promessas e desculpas, mas sim porque posso ser abusado, controlado e enganado, ou seja, porque sou indigno. Como ela disse ...

— "Se eu mentir e você acreditar, a culpa é sua por me aceitar de volta."

De um jeito ou de outro, acabo sendo desvalorizado, como todos os seus parceiros são e sempre serão. Em sua cabeça, funciona assim: "Se posso dizer qualquer coisa para recuperá-lo, ele me pertence, nunca me abandonará e, portanto, não tem valor como homem."

Ela tem medo de ser abandonada, mas abandona todos os homens que não a abandonam. De um jeito ou de outro, ela sempre perderá o interesse em qualquer homem, embora não perceba que é ela que sempre desvaloriza esses homens.

Não há como qualquer parceiro possa conseguir manter o nível de atração nos altos níveis que ela deseja, porque sua própria natureza autodestrutiva sempre o puxará para baixo. Afinal, é por isso que ela é narcisista; ela não pode tolerar ninguém fora de seu controle e, enquanto isso, também não pode validar a atenção de alguém sob seu controle. De uma forma ou de outra, Agne sempre descartará seus brinquedos masculinos como inúteis. É por isso que quando tudo estava bem entre nós, ela disse:

— "Somos como um casal velho e chato."

Eu não era chato quando ela me conheceu, mas "legal", o desafio que ela queria para brincar, para ver se poderia me pegar, como ela disse. E porquê eu? Porque todos os outros homens, dando-lhe a atenção que ela queria, fazendo o que ela pedisse, atendendo às suas necessidades e mostrando interesse constante, se desvalorizavam no processo.

Eu me desvalorizei assim que o relacionamento começou, porque não havia mais nada para ela brincar e ter como desafio.

Como qualquer outra criança, Agne está sempre buscando o que é excitante e novo. É fácil seduzi-la, mas é impossível mantê-la, se olharmos para o que a interessa como um brinquedo.

Não é à toa que seus relacionamentos não duram mais do que uma noite de sexo ou alguns dias, já que ela está procurando por homens que sejam desafiadores, ou seja, que tenham muitas opções, que possam ser jogados para ganhar ou perder. Ela escolhe os homens como um jogo, com base no quão desafiadores eles são, e perde o interesse neles assim que o jogo acaba, ou seja, assim que ela os tem. É por isso que ela está interessada apenas em sexo com estranhos, mas não em romance ou relacionamentos.

Seu "jogo" comigo terminou quando a convidei para morar no meu apartamento. Foi quando ela começou a procurar outros homens.

Por mais insano que possa parecer, a única maneira de manter um relacionamento com Agne consiste em realmente ignorá-la e perseguir outras mulheres. Quanto mais me aproximava de encontrar uma nova namorada, mais rápido e mais esforços ela colocava para voltar à minha vida, mesmo que meses em que estávamos separados já tivessem passado.

Ela pode ter assumido que eu era fácil de manter devido ao fato de eu ter quase 40 anos, mas rapidamente entendeu que não era esse o caso quando percebeu que estava festejando tanto ou mais do que ela e poderia facilmente fazer novos amigos e encontrar mais mulheres interessadas em estar comigo. Durante esse estágio, em que ela viu que eu tinha opções, seu interesse foi mantido alto. Ela não conseguia se concentrar em trapacear enquanto enfrentava a possibilidade de ser enganada. Este drama jogou bem em sua cabeça para mantê-la no relacionamento. Mas não por muito tempo, pois ela precisava eliminar a ameaça por meio de uma melhoria de sua estratégia de controle. Em essência, ela perdeu o interesse total quando me comprometi com ela para eliminar as brigas que tivemos.

Poderia tê-la mantido por mais tempo? Sim, brigando todos os dias e fazendo o que ela faz — traindo. Eu realmente me atreveria a dizer que Agne gosta de jogadores como ela porque ela é uma jogadora. Em outras palavras, ela gosta de homens que se comportam como a pequena criança imatura que ela é e satisfazem o seu mundo interior de brincadeiras constantes, jogos e irresponsabilidade infantil; homens que, assim como ela, se recusam a crescer. Pelo menos, isso explica por que ela estava tão atraída por seu namorado africano, que estava desempregado, sempre traindo com mulheres diferentes e vivendo com a mesada de sua própria mãe, que trabalhava como faxineira nos Estados Unidos.

## AGNE: NA MENTE DE UMA NARCISISTA

Sempre que a vida é muito previsível, boa, organizada e fácil, Agne fica entediada e a destrói. Ela gosta do caos e do drama. É por isso que qualquer homem que uma vez pareceu "legal" para ela acabou se tornando "chato" com o tempo, como foi com o meu caso.

A única maneira de ela estar sempre "no auge da vida" é descartando continuamente os homens que ela consegue, depois de conhecê-los por tempo suficiente para ficar entediada com as rotinas de alguém que "sempre tem a mesma personalidade". E isso, enquanto procura novos homens com a expectativa de que eles serão melhores do que o anterior — mais emocionante e novo. Só que todos passarão pelos mesmos estágios e acabarão sendo descartados pelos mesmos motivos.

Ela não pode controlar este programa funcionando dentro de sua mente, porque está controlando sua própria doença — a necessidade obsessiva de relações sexuais de curto prazo.

Somente um psicopata poderia entretê-la por tempo suficiente, às custas de sua própria tortura emocional. Mas ela quer isso? Não! Ela quer um "homem gentil" que ela possa torturar. Ela pode se sentir atraída por psicopatas, mas não os quer, já que eles não permitem que ela seja ela mesma — a psicopata que ela é.

É inevitável que Agne sempre, através desse processo de invalidação e abuso, force qualquer homem em um relacionamento com ela a espelhar isso, comportando-se tão abusivamente quanto ela, o que, ironicamente, é o que ela mais teme. E é assim que ela sempre destruirá todos os seus relacionamentos, enquanto culpando suas vítimas muito antes do estágio de descarte começar. Provocá-los e filmar a reação deles, e espalhar boatos falsos sobre eles, certamente ajuda a preparar o palco para quando eles forem levados ao julgamento final.

Todos os relacionamentos que Agne tem terminam assim que começam.

# O Ciclo de Abuso Emocional

Muito do que é lógico para quem é normal não pode ser percebido pelo cérebro do Agne, que está danificado. Isso, tanto como ou mais ela não consiga perceber a diferença entre um exercício de comunicação e a vida real. E tal estado explica seu ciclo emocional:

- Primeiro Estágio: Ela se sente amedrontada e vulnerável e provoca uma luta para recuperar o controle;

- Segundo Estágio: Ela lamenta o que faz e se sente culpada por isso, mas não faz a menor ideia de por que faz tais coisas;

- Terceiro Estágio: Ela nega sua própria insanidade e tenta justificar estar sã, usando minha reação como a causa da briga. Ela então diz coisas como: "Você gritou comigo" ou "Você não falou comigo" como uma forma de usar eventos pós-drama para substituir a causa — ela mesma. Ao fazê-lo, consegue projetar sua doença mental e manter sua integridade segura. É assim que ela se recusa a aceitar que tem um problema mental.

Quanto mais ela repete este ciclo, com pessoas diferentes, mais óbvio se torna que ela está de fato doente, porque o ciclo se reforça, piorando no tempo.

Ela então precisa escapar desta introspecção, abandonando e traindo, e depois mentindo sobre suas vítimas, e retratando-as como más. Ela precisa fazer isso para manter seu círculo de amigos e familiares no escuro sobre a verdade. Só que, toda vez que ela faz isso, maior é seu medo de ser vulnerável, de ser encontrada, o que a leva a repetir o mesmo ciclo com mais crueldade, agressividade e uma intenção mais forte. Sua calúnia piora, sua violência é mais brutal e suas constantes justificativas de vingança são mais constantes.

Eu só vi Agne tremer de medo em uma situação, e foi quando ameacei expô-la a toda a família com este livro. Isso certamente explica por que ela tentou me colocar na cadeia pelo resto da minha vida com vídeos que ela planejou cuidadosamente.

Só para mostrar como ela piora ao longo do tempo, quando a convidei para passar um fim de semana comigo na Polônia, ela decidiu dar um soco em mim durante o sono e depois deu uma cabeçada em meu rosto. Ela fingiu que estava dormindo ao fazer isso, mas sei que não estava. Senti o equilíbrio de seu peso na cama mudando, ligeiramente abri meus olhos e a vi ganhando equilíbrio, puxando a cabeça para trás antes de dar a cabeçada. É assim que ela se mostra psicopata.

Ela me atacou porque estava feliz e não conseguia lidar com isso. Ao mesmo tempo, ela não queria fazer nada estúpido que me fizesse expulsá-la da casa e do país. E é por isso que ela fez essas coisas enquanto eu dormia, e depois pediu desculpas para me acalmar e me fazer acreditar que não era de propósito. Ao fazê-lo, ela habilmente escapou de minhas reações enquanto cumpria seu propósito de me atacar violentamente.

Pode-se imaginar o quão louco alguém tem que ser para planejar essas coisas, mesmo durante o sono. E foi aí que percebi que isso nunca acabaria, mas apenas se tornaria mais dramático e violento. Ela vai literalmente se tornar mais agressiva ao longo do tempo. Mas ela também se tornará mais inteligente, de modo que sua agressão nunca sofra repercussões. Ela joga este jogo fazendo o seguinte:

1. Ela insulta verbalmente ou ataca fisicamente;
2. Ela então pede desculpas ou justifica o ataque com algo não relacionado;
3. Finalmente, ela culpa a vítima por não ser capaz de lidar com isso e esquecer tudo;
4. Este ciclo se aplica a tudo, até mesmo a traições. Vejamos um exemplo:

• Primeiro ela flerta com homens na minha frente, e instala aplicativos de namoro para trair;

• Ela então pede desculpas pelo que fez e exige que eu a perdoe, ou implora por isso. Ela vai usar o fato de que não vi nenhuma traição acontecendo, para me fazer acreditar que isso não ocorreu. Na cabeça dela, se eu não tiver "provas", se eu não souber "como ele se parecia", "qual carro ele estava dirigindo", ou "quando aconteceu", então não posso dizer que aconteceu;

• Finalmente, ela me culpa por não esquecer suas ações e me acusa de ser paranóico, nega o que fez, mesmo depois de confessar (ou seja, usa gaslighting), mas continua fazendo as mesmas coisas, repetindo esse mesmo ciclo.

O que tornou a experiência do exercício de comunicação tão interessante foi que, ao realizar todas essas coisas, consegui, de propósito, fazê-la reagir da maneira violenta que costuma fazer quando não pretendo que isso aconteça de propósito. Ao fazer com que ela me atacasse de propósito e controlando suas ações, pela primeira vez, entendi o problema dela. E ainda assim, ela não podia ver a diferença entre algo que eu fiz acontecer, e algo que ela decidiu fazer sozinha, o que significa que ela não tem absolutamente nenhuma ideia sobre si mesma, vive sem autoconsciência e sem autocontrole sobre seu próprio cérebro ou pensamentos; ela reage por impulso. Ela não sabe o que faz. E isso faz dela uma psicopata por padrão, incapaz de qualquer pensamento moral.

É realmente fascinante ver que, mesmo naquele momento, ela não podia perceber que é louca, que suas reações provam que ela tem um problema mental para resolver. Para ela, eu estava apenas usando o exercício de comunicação para insultá-la. Ela não conseguia nem ver a relação entre o exercício e o que eu estava fazendo. Simultaneamente, também não pôde ver que muitos dos meus insultos não passaram. Apenas aquelas frases específicas causaram uma reação violenta. Em muitos outros casos, ela reagiria por apenas alguns minutos e depois voltaria ao seu estado natural. Foi com a palavra "covarde" que as coisas realmente saíram do controle. E como ela muitas vezes parecia fora de contato com a realidade, tive que perguntar a ela:

— "Você está aqui?"

Eu não via uma reação, e só recebia insultos quando perguntava isso. E então tive que acalmá-la, pedindo-lhe...

— "Volta para o tempo presente."

Quando terminamos, ela ficou furiosa. Era como se realmente não terminasse o exercício ou não entendesse que o exercício estava acabado. Ela continuou agindo de maneira louca. E então, em casa, começou a gritar comigo como uma maluca.

Tenho que concluir que ela tem alguns mecanismos que estão realmente fora de seu controle, como em qualquer caso de psicose.

Nos dias seguintes, ela começou a me acusar durante os exercícios do curso:

— "Você acabou de inventar isso."

— "Você só não quer que eu passe o curso."

— "Você está me ofendendo."

Agne, claramente, não podia ver que o que eu estava fazendo era parte do curso. Ela não entendeu e não pôde aceitar minha vontade independente durante a comunicação. É como se ela esperasse que as pessoas sempre se comunicassem dentro de certos padrões pré-definidos, e rejeitasse qualquer manifestação que fosse além disto — seu conceito da realidade.

Agne não consegue se controlar e as razões agora são muito óbvias. Ela está constantemente sendo reestimulada. Mas para mim, pessoalmente, também é muito difícil lidar com tais personalidades. Minha vida com ela está sempre cheia de altos e baixos. Ela fica louca nas situações mais imprevisíveis e sem motivo. E agora sei que ela provoca porque é covarde, sempre com medo de tudo, sempre com um medo constante.

O que desencadeia esses medos ou por que ela me ataca é impossível de saber, exceto que não penso que ficando mais irritado com ela ou acabando doente poderia resolver isso de qualquer maneira. Ela é bastante persistente em auto-destruir tudo, mesmo se afirma querer o relacionamento.

Perguntei muitas vezes se ela realmente quer estar comigo ou apenas tem algumas expectativas que em que encaixei, e ela sempre disse que quer estar comigo, embora se comportando como se não estivesse interessada nisso. O fato de ela poder trair, tanto na minha frente quanto nas minhas costas, prova que suas palavras não significam nada.

Agne possui zero autocontrole, tanto quanto possui zero responsabilidade, e zero vontade de obedecer e seguir quaisquer regras, mesmo que com base na conduta moral. Ela sente desprezo pela moralidade e despreza as pessoas que são morais, classificando-as como chatas. Chato, neste caso, significa previsível. E, no entanto, ninguém é mais chato e previsível do que Agne, que é apenas uma novidade na variedade dos homens com quem ela dorme.

Ela estava muito orgulhosa em me dizer, no último dia que a vi, que me traiu com um estrangeiro, porque seria chato, obviamente, escolher alguém da sua própria cultura. Agne conhece todos os bares e clubes em Vilnius que atraem estrangeiros para uma noite de sexo, porque ela só está interessada em fazer sexo com eles — eles oferecem a maior variedade, o mais alto nível de validação e a maior dose de entretenimento.

Invariavelmente, todos acabam na mesma situação que eu. Ela os deixa muito irritados e eles acabam dizendo coisas que normalmente não dizem, ou desaparecem. E foi assim que acabei também, involuntariamente, fornecendo e apoiando e até mesmo validando o comportamento dela contra a minha vontade.

Chegou um ponto em que nosso relacionamento tornou-se como aqueles de uma noite, porque assim que ela conseguisse sexo, reiniciaria o abuso.

Acredito que ela me enganou tantas vezes em seu relacionamento comigo, que eventualmente esqueceu que tinha um, e começou a agir comigo como faz com os homens que se aproximam dela em clubes.

As contradições de Agne também se manifestam em muitas outras áreas. Agne quer muito da vida, mas é muito imatura e faz muito pouco para realizar qualquer coisa. Ela está tão longe de alcançar qualquer meta, que realmente não tem idéia do que diz. E isso explica sua necessidade de me invalidar, me suprimir e destruir minhas ambições na vida. Agora vejo que ela faz tudo isso para ganhar o controle da minha vida. Ela me insulta porque sou percebido como valioso demais para ser perdido e, enquanto isso, ela aprende tudo o que pode de mim, para obter o valor que tenho e facilmente me dispensar. Não faz sentido algum, mas, mesmo sendo uma garota de escritório, ela sempre quer ler meus livros sobre negócios.

A admiração seria uma ferramenta melhor para manter alguém, mas aqueles que não podem amar conhecem apenas a invalidação como meio de obter o mesmo resultado.

## AGNE: NA MENTE DE UMA NARCISISTA

Eu sempre me pergunto: o que ela realmente valoriza em um homem? Porque quando perguntei por que ela estava em relacionamentos com homens que parecem miseráveis, ela respondeu:

— "Eles pareciam legais."

Eu provavelmente parecia mais legal para ela quando viu que estava viajando ao invés de depois, quando me viu trabalhando o tempo todo. Mas ela tentou me manter trancado em sua vida, espalhando para todos que sou agressivo e violento. Ela fez isso para me controlar com culpa, enquanto quebrava todas as regras imagináveis. Agne odeia ter regras, e ela não se importa com quem sofre com seus comportamentos. Tantas vezes gritou para o meu rosto dizendo:

- "Bata em mim! Por que você não me bate?

Recusei-me a bater nela durante seus momentos de loucura, mas ela insistiria:

— "Você não é homem o suficiente! Você é um covarde! Bata em mim! Vamos, me bate na cara!"

Várias vezes, ela até me pressionou para que fizesse isso. E isto, porque, desde que a conheço, que Agne realmente quer provar para todos que sou agressivo, já que ela sabe que esta é a única chance que tem de provar sua inocência como uma mulher insana.

Qualquer pessoa sã o suficiente deve se perguntar por que ela me acusa de ser fisicamente abusivo e ainda assim continua tentando voltar à minha vida, apesar de a bloquear de minhas contas sociais e nunca enviar nenhuma mensagem a ela. Mas se eles são tão estúpidos quanto a psicóloga que ela encontrou, dirão a mesma coisa: "Você o ama demais".

Por mais insano que seja o comportamento e as palavras dela, ela sempre consegue levar as coisas para outro nível. Aqui estão muitas das coisas que ela disse e que, praticamente, resumem o funcionamento do seu cérebro:

— "Eu acho que não há qualquer problema se outros homens se aproximam de mim, para falar comigo em um clube ou bar, só porque querem sexo comigo, e também não importa se eles me tocam, porque estamos apenas conversando."

O "apenas conversando" desculpa sua necessidade de encontrar parceiros sexuais para trair.

— "Você merece ser enganado. Se eu trair você é porque mereceu."

— "Estou sempre pensando sobre o que aconteceria se te traísse e você soubesse."

Essas frases invalidam qualquer sentimento de culpa ou vergonha que ela possa ter sentido depois de me trair, mesmo que tenha chorado por causa disso durante o sexo.

— "Se seus amigos não falam com você por causa do meu comportamento, o problema é seu".

Ela disse isto porque flerta com meus amigos homens, quer esteja interessada neles ou não, apenas para brincar com suas táticas de sedução. Ela estava sempre disposta a flertar com homens.

— "Ter sexo com qualquer cara todos os dias, é vender o corpo e a alma, mas para ter sexo livre quando sou solteira, não vejo uma tragédia aqui."

— "Eu não acho que sou prostituta porque nunca pedi dinheiro."

— "Eu não vendo meu corpo; Eu apenas o ofereço."

Isto explica a promiscuidade total que estava acontecendo em sua vida.

— "Se eu chegar tarde às 4 da manhã e não lhe disser onde estava, não é da sua conta saber de qualquer maneira."

— "É normal que as pessoas trapaceiem durante as brigas."

Aqui temos um total desrespeito e irresponsabilidade em relação ao ato de trapacear no relacionamento.

— "Você não pode provar que eu trapaceei. Você não sabe nada."

— "Se você não viu, é porque não aconteceu."

— "Eu posso fazer sexo sempre que quiser, se não tiver um namorado."

Estas frases explicam sua desculpa favorita para enganar, mesmo que ela tenha criado todas as brigas que levaram aos comportamentos de traição.

— "Os muitos homens com quem fiz sexo não contam porque eram feios. Eu preciso de sexo, portanto não me importo com o como eles se parecem."

— "Eu só tenho que ser gostosa e posso dizer o que quiser."

— "As pessoas confiam em mim porque eu pareço bonitinha e como uma criança."

Estas três frases mostram o nível de controle que ela sabe que tem sobre os outros, e como usa isso para se retratar como uma vítima.

— "É engraçado ver você ficar com raiva."

— "Os homens nunca abandonam uma mulher gostosa, mesmo que ela seja má."

— "Se eu deixar meu emprego, você tem que me apoiar financeiramente, porque você é meu namorado. Minha mãe e minha irmã não trabalham e seus maridos pagam tudo também. "

— "Eu nunca namorei meu ex-namorado africano. Ele apenas me convidou uma noite para ir a sua casa fazer sexo com ele e eu aceitei."

— "O que há de errado com bater em você na brincadeira? Você não pode me bater ou me ameaçar por causa disso. Além disso, é divertido."

— "Reabri o meu perfil no Couchsurfing em maio de 2018, para poder continuar conhecendo outros caras, porque não gosto de ficar sozinha quando temos brigas."

— "Acho que beijei cerca de cinquenta homens e mulheres em apenas três anos."

— "Eu flertei com outros caras na sua frente, porque estava atraída por eles. Eu precisava ver se tinha uma chance."

— "Não é da sua conta com quem eu tenho sexo; Eu posso ter sexo com quem eu quiser e fazer o que eu quiser."

— "Você pode pensar que fiz sexo com mais de trinta homens, antes dos 23 anos, mas não preciso contar nada porque não estamos mais juntos."

— "Eu fiz sexo com homens da Espanha, Romênia, Portugal, África, Lituânia, mas foi apenas uma vez, há muito tempo atrás. Eu não me lembro de todos eles."

Além de tudo isso, muitas brigas também estavam relacionadas com ela pegar carona de homens, e não me provar para onde ela estava indo, se para conhecer os pais dela ou não. Aconteceu muitas vezes. Ela diria:

— "O que há de errado em ir no carro de um homem para minha cidade natal?"

Nada é errado para Agne, nem mesmo flertar com homens, incluindo meus próprios amigos, nem mesmo ir em clubes onde estrangeiros estão tentando encontrar mulheres para uma noite de sexo, nem pegar caronas de homens, nada. Para ela, "se eu não vi, não aconteceu". É assim que ela se sente no direito de se comportar como uma prostituta sem qualquer consideração por ninguém.

Ela ama o sexo e não pode viver sem sexo, como ela diz, mas precisa disso com variedade, como qualquer outra narcisista, e vai sempre trair com frequência para obtê-lo.

# Como Ela Atrai a Morte

Agne não é apenas completamente insana, mas também sofre de sérias doenças físicas. Uma noite, Agne me ligou, dizendo que estava desmaiando em seu quarto, perdendo a consciência e sentindo dor no estômago. Eu disse a ela para chamar uma ambulância. Acontece que ela teve um cisto que abriu e criou uma hemorragia interna. Provavelmente causada por toda a bebedeira que tinha tido no mês anterior, depois de terminar comigo. Ela precisava ser operada com urgência, caso contrário morreria. Ela mal podia respirar, porque o sangue já estava enchendo seus órgãos.

Fui visitá-la no dia seguinte e a vi cheia de tubos, recebendo uma transfusão de sangue. E fiquei realmente chocado ao ver isso. Nunca pensei que alguém tão jovem manifestasse tais sintomas e pudesse morrer tão cedo.

Os médicos não tinham resposta ou soluções. Basicamente, descobriu-se que Agne tem uma tendência a desenvolver cistos em seu corpo, o que é o mesmo que dizer que ela tem uma forte predisposição para desenvolver câncer também.

Como se isso não bastasse, ela também está perdendo a visão. Ela não gosta de falar sobre isso, mas a velocidade com que ela está perdendo sua saúde em geral, memória e visão é assustadora.

Eu não a abandonaria por causa de suas doenças, embora tenha certeza de que aconteceria o contrário. E acreditava que a experiência no hospital seria suficiente para ela mudar. Mas não foi assim. Isso ocorreu em setembro de 2018, em Vilnius, e em junho de 2019, menos de um ano depois, ela voltou a ir em clubes com os mesmos amigos, desta vez em Londres.

Quando, após a operação, os médicos disseram para ela ir para casa, ainda não estava recuperada, pelo que a levei para minha casa, para ajudá-la. E depois de duas semanas eu disse a ela que era hora de ir para o quarto dela, e ela recusou, apesar de continuarmos brigando o tempo todo. Ela não queria mais sair de minha casa, mas repetia os mesmos comportamentos de antes. O fato de eu esperar que ela morra jovem não muda nada. Penso que ela já sabe o destino dela, pois ela mesma continua repetindo:

— "Por que não deveria me divertir tanto quanto posso na vida, se a vida é curta?"

Na verdade, não posso discutir isso. Eu só posso perder meu tempo com alguém que está tentando se divertir tanto quanto possível, porque já assume que não vai viver muito tempo. E ainda assim, o conceito de diversão para Agne é fazer sexo com um bando de homens, ficar bêbada o tempo todo com amigos, fumar maconha e viajar pelo mundo como se não houvesse motivos para fazer planos para a semana seguinte.

Suas lágrimas não significam nada. E acredito que a única razão pela qual ela insiste tanto em estar comigo é porque todo mundo a abandona — Os homens com quem ela dorme e trapaceia a abandonam, e a maioria de suas amigas a abandonam também, todas elas, acredito, por razões muito óbvias.

Qualquer pessoa concluiria que, se sou a única pessoa que não a abandona e está sempre ao lado dela em um hospital, ela me agradeceria mais, mas isso está longe de acontecer. Ela me despreza e está constantemente pensando em maneiras de me fazer desaparecer de sua vida.

Agne não é uma pessoa amável. Ela é demasiado egoísta e abusiva para ser confiável. E mesmo que trate seus amigos extremamente bem, em um ponto, qualquer um percebe que ela não tem empatia e só está procurando usar todos para seu interesse próprio.

Ela é uma mentirosa crónica também, e mente muito bem e muito depressa. Para isso, seu cérebro é incrivelmente impressionante. Eu nunca vi ninguém encontrar grandes desculpas tão extremamente rápido.

Também não podia acreditar que, depois de uma experiência tão traumática, continuaríamos brigando como antes, e pelas mesmas razões, mas ela sempre continuará criando desculpas para fazer o que quer, mesmo que isso a mate.

Quando disse a ela que ela vai morrer se continuar pressionando os limites, sua resposta foi:

— "Você só quer que eu morra porque você é mau."

## AGNE: NA MENTE DE UMA NARCISISTA

Eu sou mau? A primeira pessoa a quem ela ligou quando chegou perto da morte e lhe disse para chamar uma ambulância, é mau? A única pessoa que se preocupou com sua morte, não dormiu e visitou cinco hospitais, procurando por ela, é mau? A única pessoa que a visitou no hospital com refeições diárias é mau? A única pessoa que a levou para casa e a ajudou a se recuperar de uma cirurgia é mau? A única pessoa que está tentando evitar sua morte é mau? A pessoa que lhe disse: "Se você vai em clubes novamente com os mesmos amigos, vou terminar o relacionamento com você" é mau?

Eu me preocupo mais com Agne do que ela se importa. A última briga que tive com Agne, antes de ela pegar o avião para Londres para festejar novamente com os mesmos amigos, e encontrar mais homens para foder, depois de me contar que me traiu, foi sobre isso. Ela é muito estúpida e egoísta, mesmo para seu próprio bem, mesmo que isso a mate. Ela não aprecia nada. Mas um ser humano tem que ser realmente como lixo para negligenciar e desrespeitar aquele que salva sua própria vida.

Eu só posso sentir nojo e náusea por tal criatura. Agne não merece nada, nem mesmo a própria vida.

Eu cuidei dela quando ela mais precisava, depois que ela me descartou e me traiu, e ela agradeceu por isso, me traindo de novo com um bando de homens, e depois se mudou para um novo relacionamento. Que tipo de animal faz isso? Um que não merece nada.

# O Que Ela Realmente Quer

Certa vez, criei um questionário para entender Agne e pedi que preenchesse. Aqui estão as respostas dela.

"Porque sou grata de ter você em minha vida:

Sua bondade;

Sua paciência;

Seu desejo de me melhorar como um ser humano;

Suas habilidades culinárias;

Seu desejo de construir uma forte conexão entre nós;

Que você se preocupa comigo, minha saúde e bem-estar geral;

Suas conversas interessantes e significativas que me fazem pensar;

Os elogios que você diz;

Que você é uma pessoa tão talentosa, o que me deixa muito orgulhosa de ter você em minha vida;

Que você tente me tornar pacífica e calma;

Por cada manhã em que acordo ao seu lado;

Por seu apoio em cada decisão que tomo;

Por sua ajuda para organizar minha vida;

Por sua personalidade única;

Que você me deu oportunidades para descobrir minhas qualidades ainda não conhecidas, dando-me oportunidades para estar envolvida em seu campo de criatividade / arte;

Que você poderia me dar suas "últimas calças" por minha causa;

Por tentar olhar para a mesma direção na vida.

Como poderia te ajudar:

Eu poderia ajudá-lo mais cozinhando quando você estiver trabalhando;

Eu posso trazer mais disciplina às nossas vidas;

Eu posso organizar os fins de semana para nós;

Eu posso ficar com você em todos os cantos e lutar com o mundo, se necessário;

Eu posso ser um lugar seguro para você;

Eu posso ser uma dona de casa responsável;

Eu posso ser encorajadora".

Foi interessante notar que Agne sabe exatamente o que fazer para melhorar o relacionamento, mas conscientemente se recusa a fazer tais coisas. Como ela poderia ser malvada, a menos que saiba o que seu parceiro quer, de modo que não lhe dê exatamente isso? O que ela faria diferente? Vamos ver:

"O que eu faria diferente ou que tipo de garantias posso dar para garantir que as coisas não falhem entre nós? Estou pensando em ir a uma psicóloga pois uma amiga minha foi e disse que é sempre bom ter esse tipo de pessoa para conversar quando tivermos algum problema, porque estão separados da situação e olham de um ângulo diferente. Eu prometi a você ler mais, ler mais de seus livros, como você queria, e acho que já deveria ter feito isso há muito tempo, já que meu namorado é escritor. É uma vergonha que não tenha lido antes, mas já tenho um dos seus livros. Não te incomodar quando você trabalha, porque você não gosta; mas ontem comecei a agir assim e as coisas deram errado ... eu não resistirei a sua ajuda quando tocar meu ego."

Ela acabou indo a uma psicóloga, mas para obter mais controle sobre o relacionamento e não para mudar a si mesma. Eu acho que o ego dela é grande demais para permitir qualquer mudança. Quanto ao resto, fez exatamente o oposto, o que também é interessante notar aqui, pois prova mais uma vez que ela está realmente consciente de sua maldade.

Quando perguntei sobre seus objetivos na vida, se referiu a coisas que estão muito atrasadas no tempo ou completamente alheias ao futuro do relacionamento:

"Meus objetivos na vida:

Descobrir as coisas que quero fazer;

Adotar uma criança;

Eu gostaria de viver por algum tempo fora da Lituânia."

A seguinte é provavelmente a questão mais interessante para analisar, pois ela nunca pareceu admitir isso, e também nunca fez nada do que escreveu. É interessante, de fato, ver que ela sabe o que fazer, mas nunca faz isso, de propósito, e ao invés disso me culpa por tentar impedi-la de fazer o que ela já sabe que não deveria estar fazendo. É intrigante notar, além disso, como ela distorce suas ações para provar que está disposta a fazer o que eu quero, quando na verdade ela quer fazer o que quer, ou seja, ela me escolheu porque viajo e ela quer viajar também, embora diga que gostaria de largar seu emprego por minha causa, para me fazer acreditar que ela de alguma forma apóia meus objetivos de vida, e não está apenas tentando se aproveitar de mim.

A verdade é que Agne desistiria de algo apenas por causa de si mesma. Ela sempre escolheu estrangeiros para sexo com a perspectiva de usá-los para seu próprio benefício.

O mesmo se aplica ao álcool. Ela ficava bêbada quase todo fim de semana. De fato, pelo que testemunhei várias vezes, Agne não pode beber sem abusar do álcool e acabar bêbada:

"Por que mereço este relacionamento? Como temos objetivos semelhantes na vida, estou me empenhando mais para me aperfeiçoar a fim de fazer este relacionamento funcionar, mal consumo bebidas alcoólicas e basicamente deixei de comer carne por sua causa. Eu leio os livros que você quer que leia. Eu sigo bem devagar, mas não estou parando. Em um momento, estava disposta a deixar meu emprego e deixar o país por sua causa, para trabalhar para você. Poucas pessoas estariam dispostas a fazer tais coisas que estou disposta a fazer por você".

O que achei interessante sobre a próxima pergunta, é que ela basicamente se projetou nela, me culpando pelas coisas que ela mesma está fazendo:

"Coisas que não gosto em você: você me pressiona para falar de mim mesma, para não fechar minhas emoções dentro de mim, mas você é muito complicado, você não se abre para mim, eu nunca sei o que está girando em sua cabeça, você é muito imprevisível; Quando brigamos, você não fala, não quer se comunicar, você simplesmente vai embora; Mesmo quando digo algo mais sarcástico, você fica furioso e começa a dizer que eu crio brigas ... Isso já é ser muito sensível. E sempre é minha culpa, eu sou sempre culpada, estou sempre pedindo desculpas. Você é a perfeição nesta vida ... Eu sinto que você precisa de uma boneca que tenha habilidades para usar um computador, e não eu ou qualquer outra pessoa ... Um casamento feliz é sobre três coisas: memórias de união, perdão por erros cometidos e uma promessa de nunca desistir um do outro."

## AGNE: NA MENTE DE UMA NARCISISTA

Um casamento feliz? O que uma prostituta como Agne sabe sobre isso? Ela não consegue nem manter um relacionamento além de uma noite de sexo. Além disso, a maioria das pessoas se sente deprimida quando discutem com o parceiro, mas não Agne. Ela vai em clubes com as amigas e fica lá a noite inteira completamente bêbada. Nem dorme em casa, dizendo que tem o direito de "foder quem ela quiser quando não estivermos juntos". Ela faz sexo com outros homens depois de uma briga para aumentar seu ego. Agne não pode viver com a dor da introspecção, a possibilidade de ser culpada de alguma coisa. Qualquer tentativa de raciocinar com ela desencadeia sua raiva narcisista.

Ela sempre disse que é muito fácil encontrar parceiros sexuais em clubes. E pelo menos para ela é. De fato, se uma amiga vem de outro país para visitá-la, ela criará uma briga de propósito, só para poder festejar com aquela amiga e checar suas oportunidades mais uma vez. Um parceiro não é suficiente para manter seu superestimado ego nas nuvens.

Por outro lado, comecei a perceber que ela não gosta muito de seus amigos, mas apenas o que eles podem fazer por ela, ou seja, se divertindo com ela, permitem que ela fique bêbada e amplie suas tentativas de encontrar novos parceiros sexuais. Tentar impedi-la de se encontrar com eles é como cortar a única fonte de entretenimento que Agne quer. Ela preferiria terminar um relacionamento para sempre.

Isto é exatamente o que ela fez quando tentei impedi-la de se encontrar com Samantha:

— "Se eu tiver que escolher entre minha amiga e você, então deixo você ir embora."

Foi então que ela beijou um dos amigos de Samantha em seu casamento e na frente de todos, como a macaca de circo que Agne gosta de ser. Era como se ela estivesse de bom grado beijando a bunda de Samantha com aquele presente, e dizendo: "Eu te amo tanto como minha amiga que estou disposta a sacrificar meu namorado por você, e beijar um estranho na frente de todos, para provar que sempre serei sua leal companheira."

Isso era de alguma forma previsível a partir da combinação de duas almas possuídas por demônios que festejavam juntas, razão pela qual tentei separá-las. Quem pensaria que você não pode separar dois demônios, certo? Fui para o inferno para resgatar uma alma e fui atacado por uma legião de demônios.

Sempre que tentava ficar com ela e as amigas dela, ela sempre recusava — porque ela não queria que eu interferisse em seus flertes e outras perversões — dizendo:

— "Meus amigos não gostam de você."

Meus amigos também não gostam dela, mas pelos motivos certos. As amigas dela não gostam de mim porque ela está sempre destruindo minha reputação para parecer melhor do que realmente é.

É difícil esperar mais de Agne, mesmo que queira acreditar nas respostas dela relacionadas com o relacionamento. Eu tenho que olhar para o que ela continua fazendo e não dizendo. Além disso, as estatísticas mostram-me que quanto mais parceiros sexuais uma mulher tem, menos provável é que ela consiga manter um relacionamento. Por outro lado, ela sai com pessoas de muito baixo nível como ela, que a apóiam, porque a querem do jeito que ela é, como uma completa idiota tal como elas são. E vale a pena notar que ela nunca concorda com o que digo, apesar do meu conhecimento e experiência, mas aceita tudo o que seus amigos idiotas e demoníacos lhe dizem, porque, basicamente, ela não tem personalidade própria, e vive apenas interessada em seu próprio interesse a curto prazo — ir em clubes o tempo todo, ficar bêbada e ter sexo com tantos homens quanto puder e com a maior variedade possível. É por isso que ela não pode amar ou se sentir amada, confiar ou ser confiável, escolher ou seguir-me. Agne não tem caráter. Não há nada dentro dela. Ela está completamente vazia. E é impossível colocar qualquer razão dentro da cabeça dela. Ela sempre anula tudo com frases como:

— "Pare de falar comigo! Estou ocupada!"

— "Você já disse isso ... você vive no passado."

— "Você está sempre se repetindo."

Ela realmente acha que um relacionamento é sobre controle, porque quando está perdendo esse controle, tenta me fazer uma lavagem cerebral repetindo certas frases como:

— "Você ainda gosta de mim."

— "Você ainda me ama."

Eu também creio que ela sempre viu o relacionamento comigo como uma forma de troca de valor: ela me dá sexo e eu a levo para viajar de graça. Exceto que, se ela tiver sexo com qualquer outra pessoa enquanto estiver comigo, não há qualquer valor em Agne como ser humano. E acho que ela sabe disso, pelo que sente a necessidade de me descartar para eliminar seus erros do passado de sua memória e se revalidar como ser humano, ao invés de aceitar o monstro que é. É assim que ela corrige o passado — reiniciando novamente com alguém novo. É o que ela está fazendo agora: novo emprego, nova casa e novo parceiro.

Sua incapacidade para realizar introspecção leva-a a acreditar que pode simplesmente fingir na vida e esquecer o passado. Não admira que ela sofra de perda de memória. Há muita coisa dentro dela que ela deseja esquecer para suprimir a vergonha.

Não é difícil ver que tipo de pessoa ela é ou concluir que estava apenas me usando, para fingir ser alguém que não é. Ela até confirmou isto:

— "Eu não te amava quando assinei o contrato de arrendamento para morar com você."

Ela estava me usando porque meu apartamento era muito melhor do que seu imundo loft compartilhado com um gay onde ela tinha suas aventuras sexuais com estranhos viajando pelo país. Mas a vida dela não é minha responsabilidade, e quanto mais a ajudava, mais ela me desrespeitava. Ela passou de um implorar para a aceitar de volta, dizendo:

— "Eu farei o que você quiser se me aceitar de volta em casa."

Para depois dizer:

— "Você é violento".

Ajudá-la e acreditar nela, ao que parece, anulou completamente o respeito dela por mim, se é que existia algum. Mas não entrei em sua vida para salvá-la e depois ser traído várias vezes. Eu entrei em sua vida para amar e ser amado, e só recebi ódio em retorno. Porque Agne é um monstro, não uma mulher ou mesmo um ser humano. Seu ódio contra mim não tem nada a ver com quem sou e muito menos o que fiz por ela. Seu ódio pertence apenas a ela e faz parte de sua mente insana.

Seu diagnóstico é claro: Transtorno da Personalidade Narcisista, ou TPN, com fortes traços de ninfomania. Podemos até adicionar álcool e abuso de drogas a isso. Ela não consegue perceber a realidade para além dos prazeres do tempo presente. E ela não pode assumir responsabilidade por nada, o que significa que progressivamente e egoisticamente se auto-destrói em nome do prazer imediato, e não pode associar consequências com causas porque não pode processar culpa e vergonha. Ela até compara um relacionamento de três anos comigo com o ter sexo com um estranho qualquer que conheceu em um casamento.

Sua falta de empatia é, no mínimo, surreal. Ela flerta com os homens porque ignora os sentimentos ou reações do namorado como sendo causados por ela. Portanto, vê ele como um brinquedo a ser jogado e controlado, razão pela qual diminui sua autoestima a fim de o manter sob controle. Ela constantemente o invalida para enfraquecê-lo. Uma vez que esta fase é ultrapassada, ela pode continuar fazendo o que quer, inclusive traindo com outros homens, sabendo que ele não fugirá dela; ou assim ela pensa. Mas ela fica entediada com o que tem e aumenta o interesse por outros homens com o passar do tempo.

Suas amigas, por outro lado, encorajam seu poder sobre o gênero masculino e admiram seu comportamento narcisista como sendo adequado para uma mulher. Elas são como seu clube de fãs — seus "macacos voadores". Elas são tão patéticas quanto ela é. Pessoas de valor nunca querem estar perto dela. Mas seus amigos idiotas provavelmente acham que suas histórias também são engraçadas. E assim, validada e incentivada, Agne cresce arrogante e mais maquiavélica do que antes, com o passar do tempo.

Seu namorado, quem quer que seja, fica então preso. Ele se sente fraco demais (drenado de sua energia, incapaz de relaxar sua mente e financeiramente arruinado) para escapar. E é assim que Agne aplica sua insanidade entre paredes. Ela então se sente livre para trair enquanto isso valida seu ego e suas ações são aceites, especialmente se o namorado dela permanecer com ela. Agne na verdade testa o nível de abuso que seu namorado pode ter, pois as doses continuam aumentando com o tempo, como se o estivesse acostumando a uma realidade oculta:

Nível 1: Flerta com outros homens na frente do namorado;

Nível 2: Confessa que está sempre "pensando" em trair;

Nível 3: Confessa que traiu beijando outro homem.

De acordo com o significado das frases que ela usa com frequência, acho que os seguintes níveis teriam que ser previsivelmente:

Nível 4: Eu fiz sexo com outro cara durante o relacionamento, mas foi apenas uma vez;

Nível 5: Eu fiz sexo com muitos caras durante o relacionamento, mas eu te amo;

Nível 6: Eu preciso de sexo com muitos estrangeiros, mas vou casar com você;

Nível 7: Eu sou uma puta, e tenho sexo com caras aleatórios o tempo todo, mas não quero me divorciar.

A verdade é que, todo este tempo, Agne sempre teve relações sexuais com vários homens. Ela tem apenas preparado seu parceiro para aceitar isso, para aceitar que ela precisa fazer sexo com vários homens regularmente enquanto mantém um relacionamento. Agne quer ambas as coisas, o relacionamento estável e a vida paralela de uma mulher promíscua. Ela já disse isso muito claramente:

— "Não tem mal algum quando um homem é traído se ele está apaixonado".

Em sua mente, trair e manter o namorado, na verdade, aumenta seu valor como mulher, reforçando a ideia de que ela é atraente e amada por muitos. É como se ela realmente precisasse trair para manter seu orgulho narcisista no mais alto nível possível. E não é difícil deduzir que ficou orgulhosa logo após cada separação que tive com ela, porque conseguiu o sexo que queria para se validar e depois me recuperou para reforçar seu senso de valor social.

Agne nunca tentou me trazer de volta para sua vida porque quer estar comigo, mas porque precisa acreditar que pode ser atraente e amada ao mesmo tempo, especialmente, depois de ser usada como um brinquedo sexual e descartada por outros homens.

Como em muitas outras áreas de sua vida, ela precisa equilibrar as contradições que não fazem sentido para um ser humano normal. É por isso que ela mantém a vida de uma prostituta com um relacionamento falso que sustenta seu valor social aos olhos dos outros. É importante para ela que sua família saiba que tem um relacionamento, mesmo que nas noites anteriores a visitá-los, faça sexo com outra pessoa e traia o namorado.

Não admira que os seus filmes favoritos sejam "Nymphomaniac" e "Basic Instinct". Ela os assistia como uma criancinha assistindo filmes sobre seus super-heróis favoritos.

Uma vez em um relacionamento, Agne sempre continua esse ciclo de invalidação e abuso emocional do namorado, traindo nas suas costas, ficando mais fortalecida em seu egocentrismo, e se tornando mais arrogante. Porque esses dois estilos de vida paralelos se adequam a sua doença mental. Ela tem que encontrar seu equilíbrio sendo completamente desequilibrada, encontrando seu estado normal sendo totalmente anormal.

Se ela consegue manter esse nível de controle, vai usar gaslighting no seu parceiro, tanto quanto possível, acusando-o do que ela faz, ou seja, acusando-o de querer controlá-la, invalidando e abusando dela emocionalmente. Ao fazer isso, ela mantém o parceiro sob controle, confuso e perdido, incapaz de analisar o que ela faz nas suas costas.

Uma vez disse a Agne que havia traído com uma mulher para testar sua reação. Ela riu alto. Porque é o que ela fez e frequentemente. Agne é o oposto de mim: não tem nenhuma responsabilidade sobre qualquer coisa; é tão estúpida quanto qualquer pessoa pode ser, exceto para fazer o mal e trair; não tem moral; não tem ética; não possuí nenhum conceito de verdade; nem tem metas na vida. Nada! Ela é tão vazia quanto um cadáver; Cheia de maldade e nojeira. É por isso que ela disse:

— "Você acredita em almas? O que é uma alma? Eu não tenho alma."

Ela riu de mim ao dizer isso porque é para ela uma piada que me considere tão insano quanto ela é. Ela despreza completamente quaisquer pensamentos e comportamentos morais.

# A Estrutura de Seus Pensamentos

Coletei várias frases da Agne ao longo dos anos e fiz minha própria análise dos seus pensamentos mais perspicazes misturando tais frases. Em muitos casos, substituí o "você é" por "eu penso", a fim de me ajudar a entender como Agne realmente vê a realidade. Estes são seus padrões de pensamento, postos em perspectiva para uma melhor percepção do seu mundo interior:

- "Eu sou sempre malvada com meus namorados e não consigo me controlar. Eu só sou simpática com meus amigos porque os amo e eles me ajudam a superar minhas separações. Eu nunca vou afastar outros homens só porque meu namorado quer. Eu acho não existe qualquer problema se outros homens se aproximam de mim para conversar comigo em um clube ou bar porque querem sexo comigo, nem mesmo se eles me tocarem. Estamos apenas conversando. Além disso, gosto de olhar nos olhos deles quando querem sexo comigo. Flertar com estranhos, conversar com estranhos e pegar carona de estranhos é normal. E eu sempre faço o que quero."

- "Se o meu namorado não confia em mim e foi enganado no passado, a culpa é dele. Ele mereceu isso. Se o trair, a culpa é dele. Se mentir e ele acreditar, a culpa é dele também. E se ele me impedir de fazer o que quero, vou fazê-lo de qualquer maneira e mentir. Se ele me ama, deveria aceitar qualquer coisa. E se o trair e ele não vir isso, então não aconteceu. Eu também não tenho que dizer a ele onde vou, ou com quem, mesmo quando chego em casa a meio da noite. Eu disse a ele que nunca o enganei, mesmo que esteja sempre pensando no que aconteceria se ele soubesse. Eu trago camisinhas em minha bolsa para quando tiver que ser estuprada. Mas não é traição se eu tiver sexo com alguém quando não estamos juntos. É normal que as pessoas façam isso durante brigas, incluindo as brigas que criei para poder trair livremente. É por isso que crio brigas para ele terminar comigo sempre que quero ir em clubes e bares e encontrar com outros homens para ter sexo."

- "Você sabe, no Facebook as pessoas são legais, mas na vida real não prestam. Eu sou uma mulher louca. Eu menti para o meu namorado porque não o amo e ele não é o tipo de cara que quero na minha vida. Nós temos diferentes estilos de vida porque gosto de ficar bêbada e ele não bebe. Nós não combinamos juntos e acho que ele é chato porque está sempre trabalhando. Eu nunca quis um cara como ele. Além disso, também me assusta a nossa diferença de idade. Se outros homens tentam me seduzir na frente dele é porque ele não parece meu namorado. Não é minha culpa. E eu deixo eles me tocarem porque não quero ser rude. Mas não quero que ele me traia e não quero que ele saia sozinho à noite. Eu também verifico com quem ele está falando o tempo todo, para impedi-lo de conversar com outras garotas, mesmo que eu continue respondendo a todos os caras que me mandam mensagens e querem fazer sexo comigo. Também acho que é normal que eu durma fora de casa, em uma casa de outro cara, como fiz uma vez em outra cidade, depois de ir num clube com minhas amigas e ficar bêbada com um monte de caras."

- "Todo mundo teve uma noite de sexo com estranhos. Ter sexo com qualquer cara aleatório o tempo todo é vender seu corpo e alma, mas fazer sexo gratuitamente quando você é solteira, eu não vejo uma tragédia aqui. Eu não sou prostituta porque gosto de sexo e não aceito dinheiro."

- "A maioria dos homens com quem fiz sexo realmente não conta, porque eram feios. Eu preciso de sexo, portanto não me importo com a aparência. Uma vez cheguei em casa com a minha boca cheirando a pênis, mas disse ao meu namorado que isso não voltaria a acontecer porque iria carregar goma de mascar a partir daquele momento. Eu também disse a ele que só estou com ele por causa do sexo. Eu preciso de sexo depois que outros homens me mandam embora. Eu preferiria continuar indo em clubes, tendo sexo com estranhos, fumando maconha e compartilhando a cama com meu amigo gay como antes, mas meu namorado não quer isso, portanto estrago a vida dele e o deixo louco, e assim posso dizer a todo mundo que terminei o relacionamento com ele porque ele é louco, e não o contrário. Cheguei a provocá-lo por quase três anos, com meu smartphone na mão, para captar sua reação diante da câmera e provar a todos que ele é o maluco. Eu também disse à minha família que ele me expulsou de casa depois de me atacar sem razão, mesmo que a verdade seja que eu chutei ele enquanto ele dormia depois de chegar em casa bêbada e ir em clubes com outras pessoas."

- "Eu não acho que seja uma vadia, mas pedi ao meu namorado para me comprar uma casa, viagens, um carro e um anel. Consegui apenas o anel. Depois disse a ele que queria 50% de tudo que ele ganha. E porque ele se recusou, disse que iria largar meu emprego, mas ele teria que me apoiar financeiramente porque sou sua namorada, e nenhuma outra razão além disso. É o que minha mãe e minha irmã recebem do marido e eu quero o mesmo estilo de vida que elas têm, porque minha atividade favorita é assistir a filmes e comer na cama enquanto brinco com meu celular. Isso é o que faço todos os dias quando não estou me embebedando com amigos e colegas de trabalho. Mas não creio que ele seja homem o suficiente para me dar o que quero, portanto o insulto e digo isso a ele. E quando ele fica bravo e se recusa a falar comigo, eu ando nua em casa até termos sexo em vez de me desculpar. Se não funcionar, desapareço de casa para fazer sexo com outra pessoa. Não é traição se não estivermos juntos."

- "Eu não durmo com meus amigos do sexo masculino, mas com estranhos não tem problema. Eu dormi com provavelmente trinta caras antes de dezembro de 2016. Toda vez que um cara me mandava uma mensagem dizendo que precisava de uma cama, eu compartilhava a minha, especialmente, se ele é gostoso e de um país exótico como Portugal ou Espanha. Eu não me importo como um cara se parece - preto, branco, velho, jovem, ciganos, africanos ou sul-americanos, desde que possa ter sexo. Eu não posso viver sem sexo. Quando sou solteira, não vejo o drama aqui. Mas acho que não sou uma prostituta porque nunca peço dinheiro. Eu não vendo meu corpo, apenas ofereço, porque gosto de sexo, e gostei de todas as vezes que dormi com todos os homens, mas não quero que ninguém saiba isto, ou o que continuo fazendo, nem mesmo minha ginecologista, porque ela fala comigo como se eu fosse uma puta. Meu namorado pensa que sou uma ninfomaníaca, mas acho que não sou. Eu convidei mais de cinquenta estranhos em um único mês para dormir no meu quarto, que tem apenas duas camas ligadas uma à outra, mas não sou uma prostituta porque não estou vendendo meu corpo; Eu faço isso de graça - tanto a acomodação quanto o sexo. Eu gosto de fazer sexo com caras diferentes. Meu namorado não entende isso porque ele é antiquado."

- "Eu provoquei brigas com meu namorado, principalmente porque estava checando outros caras o tempo todo e flertando com qualquer cara que conhecia. O motivo disso? Eu não tinha certeza se ele era quem eu queria. Apenas um ano depois, percebi que é. Ou pelo menos foi o que eu disse a ele, porque continuei procurando melhor. Eu nunca parei de fazer isso. Mas não quero romper com meu namorado só porque disse a ele essas coisas, pois percebi que perderia uma boa oportunidade de desistir do meu emprego e viajar pelo mundo com ele se fizesse isso. Eu fiquei brava quando ele disse que ficaria no meu país por mais um ano por minha causa, já que não quero mais trabalhar e não estou com ele porque quero um relacionamento. Eu só estava com ele para viajar."

- "Sempre que meu namorado me pega mentindo sobre alguma coisa, como fumar maconha durante um ano inteiro, festejando e ficando bêbada nas costas dele, eu lhe respondo: "Foi só uma vez"; "Foi há muito tempo"; "Nós não estávamos nem juntos naquela época." Eu disse o mesmo quando ele me perguntou sobre quantos caras eu dormi, das centenas que convidei online. Eu também disse isso quando ele me perguntou quantas vezes o traí. Eu disse a ele que só o traí uma vez, e não importa com quantos caras transei durante o relacionamento porque isso é o passado. Eu também disse a outras pessoas que ele é ciumento e paranóico para que nunca encontrem as razões por trás das nossas brigas."

- "Não posso receber feedback negativo sobre o meu comportamento. A primeira vez que minha família soube sobre brigas no relacionamento e me acusou de as causar, eu menti para eles e disse que meu namorado estava me batendo. Nunca lhes contei a verdade e em vez disso o retratei como sendo violento para salvar minha reputação. Eu também o provoquei para ter evidências de sua raiva e violência. Depois de quase três anos, ainda permito que minha família pense mal nele, e o acuso de querer me controlar e me impedir de socializar com outras pessoas, para que possa continuar fazendo o que quero, sair sozinha com amigos quando quero e dormir com quem eu quiser e onde eu quiser. Preocupo-me apenas com as minhas próprias necessidades e fico furiosa sempre que alguém não confia em mim e não acredita no que digo."

- "Eu dormi com mais de 30 caras e beijei mais de 50 em apenas 3 anos, e antes de completar 23 anos. E quando os vejo em Vilnius, enquanto dou as mãos com meu namorado, começo a rir. Eu acho engraçado quando eles fingem não me conhecer."

- "Nunca fiz sexo com mais de dois homens e, se fiz sexo com muitos caras, todas as mulheres fazem o mesmo; Mesmo que tenha convidando centenas de caras para dormir comigo, não recebi dinheiro para fazer sexo com eles e gostei das experiências, portanto não sou uma prostituta; Se estava me comportando como uma prostituta, é porque era solteira e posso fazer o que quiser quando sou solteira; Eu não posso desfazer o que fiz, portanto esse é agora um problema do meu namorado, e não meu; Se meu namorado não pode aceitar meu passado e prefere ter outra mulher, ele é uma pessoa nojenta."

# Quando a Ilusão Se Desvanece

É sempre difícil para mim terminar um relacionamento, mesmo com uma pessoa como Agne. Sempre que me sento, sem fazer nada, um furacão de pensamentos invade minha mente. E cada um desses pensamentos me move em uma direção diferente. Eu penso, por exemplo, quando ela disse:

— "Minha mãe e minha irmã não trabalham, portanto também não quero trabalhar; Eu não gosto do seu trabalho, só preciso de um tempo livre para mim."

É assim que ela pensava que a vida dela comigo seria. E acho que a desapontei quando descobriu que eu não era tão rico quanto ela supunha. Eu estava realmente bem financeiramente quando a conheci, mas a relação drenou minha energia e recursos e me fez mais pobre. Mesmo se pudesse dar a ela o que ela queria quando a conheci, definitivamente não posso neste momento, e é por isso que ela desistiu de mim.

Eu também penso em sua saúde. Ela tem um sistema imunológico fraco, não tem ferro e vitaminas no sangue, tem cistos constantemente crescendo em seu corpo e pode morrer um dia de câncer. Ela não pode nem ter filhos devido a seus problemas hormonais. Mas ela insiste em ir em clubes, em abusar do álcool, fumar tabaco, maconha,... E não só a saúde dela é muito ruim, mas ela também mostra indicações claras de ser promíscua e de não ser leal. Tenho certeza que ela me traiu várias vezes, e não apenas uma vez, como ela disse. Ela certamente criou muitas oportunidades para que isso acontecesse, usando a mesma desculpa também, e não pôde deixar de buscar tais oportunidades. Qualquer homem pode distrair sua atenção e ela precisa muito disso, como uma viciada em drogas. Mesmo que esteja ao lado dela, ela não pode se controlar, precisa flertar com outros homens, ganhar sua atenção, ao custo de qualquer relacionamento. Se pressionada a fazer uma escolha entre novos homens e o relacionamento, ela sai do relacionamento. Isso é exatamente o que ela fez toda vez que a pressionei. Mesmo que tenha que escolher entre amigos que a levam para clubes para encontrar mais parceiros sexuais e seu relacionamento, ela ainda escolhe esses amigos sem qualquer consideração pela quantidade de tempo gasto com aquele homem ou o que ele fez por ela.

Ela não pode aceitar receber conselhos ou pedidos ou aceitar qualquer acordo. Parece-me que o que a atraiu para mim foi verdadeiramente e apenas a perspectiva de ter mais riqueza e viajar livremente pelo mundo. Ela parecia muito desapontada quando percebeu que eu só queria trabalhar o tempo todo. Ela insultou tanto a minha aparência que esta é a única razão pela qual vejo o motivo de querer estar comigo, ou seja, ela é uma prostituta que só quer benefícios. Além disso, ela sabe onde conseguir estrangeiros, sabe onde estão os bares e clubes onde é mais fácil conhecer viajantes, e ela sempre pareceu mais interessada em conhecer uma pessoa mais rica do exterior. De alguma forma, ela pensou que, oferecendo sexo para os viajantes, ela conseguiria o que queria. E ela orgulhosamente me disse que havia me enganado com um sorriso no rosto, como se fosse algum tipo de prêmio que tivesse recebido, como se tivesse orgulho no que fez.

Agne está procurando por uma vida fácil. Ela não ama, não tem empatia e é egoísta. Ela parecia muito feliz quando lhe disse que poderia continuar a visitá-la, mesmo que deixasse o país, porque isso permitiria a ela duas coisas - procurar outra pessoa enquanto me usando para viajar para o exterior. E esse foi outro momento em que percebi que ela não estava realmente interessada em morar comigo. Mesmo se considerasse levá-la comigo para outro lugar, ela não é o tipo de pessoa que posso levar para conhecer outras pessoas. Ela está sempre se comportando como uma prostituta, sempre conversando com outros caras de um grupo, verificando o interesse em fazer sexo com ela, e especialmente se ela consegue ver que eles estão animados com ela. Ela gosta de me colocar em jogos como quando me levou para conhecer seu ex-namorado. Ela gosta de jogar as pessoas umas contra as outras e criar uma competição para ela como se fosse um troféu. Ela também gosta de chamar a atenção dos homens quando não os tem. Eu vi homens realmente a ignorando quando sabiam que ela estava com um namorado, e ainda assim, ela tinha o seu jeito de mostrar a eles que eu não sou tão importante assim, isolando-me e então me ignorando para estar com eles. Não demoro muito para sempre encontrá-la no meio de um grupo de homens sexualmente frustrados. Não é de admirar que a maioria das mulheres não goste dela. Ela não é uma pessoa social, mas uma egoísta buscando atenção, sem qualquer respeito pelo seu próprio relacionamento ou pelo relacionamento dos outros. Além disso, não consigo imaginar ela como a mãe dos meus filhos. Como posso olhar para a mãe dos meus filhos como uma puta que fodeu com todos os homens que ela poderia encontrar, de africanos a sul-americanos e tudo mais entre os dois continentes? Leva apenas menos de uma semana para ela me esquecer e começar a procurar alguém, e beijar outro cara e fazer sexo com ele. Ela não tem nenhum senso de lealdade. Ela não pode assumir responsabilidade nem mesmo por uma separação comigo, mas na verdade usa isso como uma desculpa para estar com outra pessoa. Então, que tipo de mulher ela é? O que ela realmente pode me dar ou a qualquer outro homem? Sexo? Provavelmente, nem isso, assim que ela conseguir o que quer:

— "Eu te dou sexo, mas você vai em clubes comigo quando quero e eu posso recusar o sexo quando eu quiser e mudar para sua casa. E você tem que esquecer o que eu fiz porque é sua culpa que você ainda se lembre do que eu fiz, mesmo se eu tivesse feito isso."

É minha culpa se ela trapaceia, beija outros homens e está sempre bêbada e fumando maconha?

O que também é assustador para mim é o quão rápido ela prende os homens — ela faz isso da mesma maneira que se comportou comigo: Ela os tocará de forma sedutora e lhes dirá:

— "Eu acho que você quer me beijar".

Ela seduz como uma predadora sexual. Ela aumenta a atração rapidamente com o contato físico e, em seguida, projeta os pensamentos do que ela quer ver acontecer. Esse é realmente um método muito bom, que evita qualquer responsabilidade enquanto desperta interesse sexual em outra pessoa. É simples também. Ela pode então culpá-los por beijá-la e convidá-la para o sexo, mesmo que ela seja a pessoa que está jogando o jogo inteiro.

Ela fez o mesmo com o último homem com quem ela me traiu. Ela disse:

— "Ele me beijou."

Ela também disse que estava muito atraída por ele, o que significa que ela o fez beijá-la, depois de dar sinais óbvios, como sempre acontece com qualquer homem.

Agne podia ser uma prostituta muito popular e rica, e não entendo por que ela não escolheu esse estilo de vida, já que a única coisa que falta em sua vida "excitante" é realmente a parte do dinheiro. Eu posso ver que ela aprendeu tudo isso com os muitos homens com quem ela transou. É também por isso que tenho muito poucas dúvidas de que ela me usou. Ela nunca quis me ajudar com o meu trabalho, mas apenas viajar e aproveitar-se da minha vida sem fazer nada mais do que brincar com o celular o dia todo e me dar sexo de vez em quando, sempre que ela estivesse de bom humor. Provavelmente não mais do que uma vez por mês, até que, obviamente, ela pudesse encontrar alguém melhor.

Criar uma família também não parecia estar em sua mente. Ela realmente pensou em continuar indo em clubes e traindo nas minhas costas depois de ser mãe:

— "Receio que, se um dia tivermos um bebê, você não me deixe sair para ir em clubes com meus amigos e, em vez disso, exija que eu fique em casa cuidando do nosso filho."

De um jeito ou de outro, como poderia viver com alguém que não pode processar a culpa e sempre me culpa a mim por suas próprias ações? Ela não tem empatia e nunca aceitará responsabilidade ou culpabilidade por abuso porque ela tem um transtorno mental. Ela vai mentir e distorcer a verdade para se fazer parecer como vítima, uma boa pessoa, para esconder seu próprio comportamento abusivo, enquanto me retrata para os outros como o agressor. E, no entanto, ela sabe que é uma agressora e faz isso por uma necessidade que ela não pode controlar — a necessidade de conflito e drama, a necessidade de constantemente buscar novos suprimentos sexuais. Todas as coisas de que ela me acusou, são coisas que ela mesma faz:

— "Você me quer em uma caixa."

— "Você só quer me controlar."

— "Você está me manipulando."

— "Você é mau."

— "Você é como uma rainha do drama".

— "Você me traiu."

Sua resposta quando encurralada é sempre a mesma:

— "Você é louco."

— "Isso nunca aconteceu."

— "Talvez isso aconteça se você continuar falando sobre isso."

— "Aconteceu apenas uma vez."

— "Não vai acontecer de novo."

Certamente não foi "apenas uma vez" que ela me traiu, como ela disse, porque a desculpa era sempre a mesma: "Nós não estávamos juntos." Toda vez que brigávamos, ela tinha uma desculpa para fazer sexo com alguém. E se eu contar todas as brigas que tivemos — e que lhe davam uma desculpa para sair e encontrar um novo parceiro sexual — ela teve, pelo menos, mais de cinquenta oportunidades em três anos para trair.

É porque o padrão de comportamentos e justificação é sempre o mesmo, que não preciso ver o que aconteceu, para saber que aconteceu. Agne me traiu dezenas de vezes.

Três anos foi o suficiente para ver que tudo se repete sempre em uma espécie de loop, um filme de terror que sempre termina da mesma maneira. Não só isso, mas ela não assume a responsabilidade e sempre justifica seus comportamentos, não importando o quão sérios sejam.

Se a abandonar por causa de suas ações: — "Eu não posso me controlar."

Se temos uma grande briga, por causa do que ela faz, ela diz: — "Você mereceu isso."

Se reclamar de sua falta de respeito e insultos, ela diz: — "Você é sensível demais".

Se reagir aos insultos dela e a insultar de volta, ela dirá: — "Você é malvado".

Se ela me atacar fisicamente e eu responder da mesma maneira: — "Você é violento".

Em seu livro "What Makes Narcissists Tick", de Kathy Krajco, esses padrões são perfeitamente descritos, quando a autora diz: "O cérebro está programado para realizar operações lógicas em sua ideologia. Portanto o resultado desse vírus mental é a conclusão de que acreditar em suas próprias mentiras te faz inocente de mentir. As pessoas abusam de suas mentes dessa maneira e se perguntam por que seus cérebros não funcionam direito."

Eu acredito que Agne é tão repetitiva em suas próprias mentiras e traições, que acaba ficando presa em sua própria teia mental. É por isso que ela cria brigas para trair. Não importa, em um ponto, como as coisas acontecem para ela, contanto que aconteçam. Tudo basicamente piora depois disso, de modo automático. Seu comportamento é apenas o ponto de partida. Ela vai até dizer coisas como:

— "Eu estava criando brigas e verificando outros caras porque não tinha certeza se você era quem queria."

Outro momento estranho para mim foi quando disse a ela que renovaria meu contrato do apartamento para ficar com ela. Aparentemente, ela estava apenas comigo para viajar e parar de trabalhar, e por não viajar para estar com ela, ela perdeu o interesse em mim. Quão irônico! Ela sempre alegou que eu só queria que ela trabalhasse de graça para mim e me desse sexo, mas ela é quem que me usou para sexo e para deixar o emprego. Toda vez que voltávamos a ficar juntos, depois de semanas separados, ela falava obsessivamente sobre viajar e largar o emprego, porque era tudo o que queria, e essa era a única razão que a motivou a voltar para a minha vida:

- "Não quero terminar com você porque percebi que estou perdendo uma boa oportunidade de deixar meu emprego e viajar".

Eu também acho estranho quando ela diz que só se comportou mal comigo porque a faço se sentir diferente, como se houvesse uma desculpa para me bater com um guarda-chuva no rosto, ou dar socos em mim. Não só isso, mas ela se associa com pessoas que querem o relacionamento destruído e, em seguida, traz para mim seus próprios insultos, repetindo as mesmas palavras e tornando-as suas. E o que ela faz quando alguém me insulta por causa dela? Ela ri. E como alguém pode se orgulhar de trapacear? Eu não vi nada em seu rosto quando ela confessou — sem vergonha, sem arrependimento, sem emoção alguma.

Então, vamos nos lembrar de tudo: olhar para outros caras é trair - traição emocional; mandar mensagens para outros caras é trair - é traição preliminar; beijar outros caras é traição factual. Ela não admitiu ter relações sexuais com todos os caras com quem esteve, mas se ela pode fazer sexo com um cara no casamento de sua irmã, e beijar outro na frente de todas as pessoas no casamento da amiga (Samantha), ela certamente não perdeu qualquer momento em fazer sexo com ele. Ela não iria seduzi-lo e deixá-lo ir daquele jeito. Agne é uma prostituta. Ela faz o que faz pelo sexo. E ela afirma estar sempre pensando em trair sexualmente porque na verdade ela engana com frequência. A evidência, de que ela realmente fez isso, era óbvia demais para ser negada.

## AGNE: NA MENTE DE UMA NARCISISTA

Agne é como uma criancinha. Ela quer atenção, faz uma birra quando não consegue o que quer, mente para conseguir o que quer, e olha para os homens como brinquedos. Ela usa seu corpo como se fosse apenas um objeto para foder. Um relacionamento para ela é um meio para um fim apenas - viagens, anéis de ouro, carros, casas e outros presentes. Ela ainda teve a audácia de pedir 50% dos meu lucros. Mas ter tudo, não é suficiente para ela, pois ela me odeia por ter uma casa melhor enquanto vive em um quarto minúsculo; ela me odeia por estar certo o tempo todo; ela me odeia por ter mais conhecimento do que ela; ela me odeia por saber quando ela mente. E porquê tanto ódio? Para suprimir suas ações? Ela se comporta como uma vadia, mas não é nada mais do que uma prostituta comum sofrendo com psicopatia.

Sempre que nos separávamos por várias semanas, ela continuava tentando voltar para o meu apartamento e me seduzindo para fazer sexo com ela. Quando finalmente conseguia o que queria, começava a chorar durante o sexo, lembrando-me duas das minhas ex-namoradas, que também choravam durante o sexo porque haviam me traído e se sentiam mal com isso. Quando perguntei por que ela estava chorando, sempre se recusou a responder.

Acredito que Agne eventualmente aprendeu a lidar com a culpa de fazer sexo com vários homens ao mesmo tempo, porque da última vez que a vi, não havia emoção nela. Ela me disse que havia me enganado com um sorriso no rosto.

Eu não acho que Agne seja feliz ou mentalmente saudável. Ela certamente nunca será capaz de ter um relacionamento normal com alguém, apesar do que ela possa dizer a outras pessoas ou mostrar nas redes sociais, ou até mesmo esconder de todos. E acho que ela está se esforçando mais no sentido negativo. E um dia, muito em breve, no futuro, ela morrerá, seja por suicídio, câncer ou aids.

O futuro mais sombrio para ela, na verdade, seria ficar completamente cega, antes que essas coisas ocorram, já que ela também está perdendo a visão muito rapidamente.

Eu fico realmente surpreso em ver que ela consegue manter um emprego, porque seu cérebro está tão confuso, que ela não pode se concentrar em nada ou lembrar de algo que aprenda.

Agora, Agne está em Londres, recebendo treinamento para se juntar a sua nova empresa, e se embebedando com as amigas em clubes como de costume.

Eu olho para tudo, e não posso realmente odiá-la, porque ela já está pagando pesadamente por suas próprias ações e sofrendo por causa do que faz. Além disso, e porque continua se recusando a assumir responsabilidade por seus próprios comportamentos, essa falta de autoconsciência está destruindo-a. Agne é uma vítima de sua própria doença mental. Ela não sabe o que quer e não sabe o que deveria querer também. Ela continua se perdendo em sua própria vida. E temo que seus sonhos nunca sejam mais do que sonhos. Ela não tem capacidade ou maturidade para ser responsável por sua própria felicidade. E esta mensagem que me enviou resume claramente este fato:

Eu: — "O que você vai fazer quando eu for embora para Varsóvia?"

Agne: — "Vou com você?"

Há uma citação bíblica que descreve perfeitamente o relacionamento que tive com Agne, assim como seu futuro dramático: "As palavras de uma boa pessoa beneficiarão muitas outras, mas você pode morrer de estupidez" (Provérbios 10:21).

# O Último Encontro

N o sábado de 15 de junho de 2019, Agne me convidou para um café por e-mail, escrevendo:

- "Posso convidar você para um café? Sem qualquer má intenção."

Eu pensava que estava tudo terminado entre nós, portanto quando ela me convidou, realmente perguntei se queria se despedir. Ela disse que só queria conversar e ficou me perguntando quando ia sair do país. Depois admitiu me ter traído dias atrás beijando outro homem.

Embora acredite, mediante seus padrões de comportamento, que ela está realmente começando um novo relacionamento e me mantendo em espera apenas no caso de falhar, como em muitos outros casos anteriores, isto se encaixa em seu jeito típico de pensar. Ela sabe que todos os seus relacionamentos estão fadados ao fracasso, portanto tenta manter um homem à distância primeiro, aumentando seu interesse por ela, fazendo a interação durar mais do que apenas sexo. Foi o que ela fez comigo, pouco antes de viajar para a Dinamarca. Além disso, as histórias de Agne são sempre as mesmas. Ela não "namora", mas antes inicia imediatamente pelo sexo quando encontra um cara que a atrai, e começa um relacionamento a partir daí. Ela não tem o conceito de conhecer uma pessoa antes de começar um relacionamento, como outros seres humanos, mas antes começa tudo pelo sexo, e depois vai no sentido contrário para se deixar ser conhecida, se isso acontecer, porque Agne é como um vaso vazio, cheio de nada.

Como muitas outras pessoas, inclusive sua mãe, eu continuava acreditando nas mentiras que ela conta e seus dramas, cheios de lágrimas, mas agora sei que toda vez que ela desaparecia de vista, ia em clubes com amigas, fazia sexo com outros homens, era abandonada por eles, e depois voltava para mim para recarregar sua auto-estima. Ela nunca gostou de mim. Ela é uma pessoa vazia sem qualquer consideração, empatia ou emoções. Ela só se importa com ela mesma. E agora sei que ela só chora porque ninguém a aceita como ela é. Assim que ela tem a chance de encontrar outra pessoa, me joga fora como se eu fosse apenas um pedaço de lixo. Agne falou sobre aquele beijo como se fosse completamente normal, como se ela tivesse prazer com isso. E tenho certeza que não foi a primeira vez, embora ela tenha dito que sim. Eu acredito nisso devido a sua justificativa:

— "Nós não estávamos juntos."

Sim, não estávamos juntos por menos de cinco dias, porque ela sabia que poderia me recuperar depois de se divertir com sua amiga Samantha, que provavelmente prometeu apresentá-la a novos homens. Agne, como sempre, manteve suas opções em aberto, deixando-me de lado com uma briga criada por ela mesma. Essa sempre foi sua tática. Primeiro, ela cria brigas para poder fazer o que quer, inclusive ter relações sexuais com outros homens, e depois tenta me recuperar quando tudo falha, fingindo sentir remorso. Mas ela não tem remorso por nada; ela simplesmente não aguenta ser abandonada por seus companheiros do sexo. Depois de dizer que beijou outro homem, ela me convidou para uma caminhada perto do rio, como se fosse a coisa mais normal do mundo. Mas em vez disso, eu a levei para um canto onde ninguém iria ver, e pedi uma confirmação do que ela havia dito, ao que ela respondeu ...

— "Não há nada de errado porque não estávamos juntos", repetindo o mesmo argumento das dezenas de brigas que tivemos e esclarecendo o significado por trás da frase: "Se você soubesse que fiz sexo com outros homens, não iria querer ficar comigo" e "Se você pode perdoar uma de suas ex-namoradas por traição, você deveria me perdoar também".

A história toda ganhou uma nova luz naquele momento, ou seja, Agne me traiu várias vezes e continuou voltando ao relacionamento porque os homens com quem ela transou não queriam ter um relacionamento com ela. Esses encontros sexuais, muito provavelmente, não duravam mais do que alguns dias ou semanas, ou mesmo horas, antes que ela fosse descartada, como sempre.

Agne aprendeu a me manipular bem, e para ela eu era o boneco, que poderia ser guardado em uma caixa, em uma prateleira, para ser escolhido depois que ela fosse descartada por outros homens. Ela estava me usando após cada encontro sexual para manter sua auto-estima intacta. E que negócio perfeito foi, porque me usou para mostrar à sua família que também é um ser humano normal, enquanto me retratava como um parceiro abusivo, para esconder as razões de nossas brigas. Ao fazê-lo, foi capaz de manter o relacionamento como uma máscara social, sendo a prostituta que sempre foi sem ninguém perceber isso.

Depois que Agne confirmou o que havia feito, com um grande sorriso no rosto, lhe dei um tapa forte e disse a ela:

— "Não, Agne! Agora não estamos mais juntos com toda a certeza."

Ela levou a mão ao rosto, surpresa, porque, na verdade, esta foi a primeira vez que bati no rosto dela. Apesar do que ela disse a outras pessoas sobre mim, isso nunca aconteceu antes.

No entanto, se seu propósito com este último encontro fosse me fazer sofrer, ela havia conseguido isso. Eu estava deixando-a ir, seguindo em frente com a minha vida, e depois entrei em depressão.

Tivemos muitas brigas, quase sempre por causa de seu comportamento de sacanagem, mas ela nunca se desculpou por nada. Ela realmente admitiu que estava tentando encontrar outra pessoa. E só Deus sabe quantos homens ela beijou e fez sexo nessa busca por três anos, enquanto me mantinha em uma prateleira, esperando por suas mudanças, o que nunca aconteceu. Agne é esse tipo de pessoa que faz sexo com alguém que acabou de conhecer e, em seguida, entra em um relacionamento com esse mesmo homem, e acredita que é perfeitamente normal fazê-lo. Se falhar, ela também considera normal voltar ao namorado anterior, e esconder dele o que ela fez. Ela tem feito isso com todos os homens. Agora vejo que a vida dela repete o mesmo padrão.

Curiosamente, ela não demonstrou nenhuma emoção, seja ao me dizer o que fez, ou depois de ser esbofeteada. Não havia arrependimento, medo, remorso, nada.

Ela merecia aquela bofetada, mas virei as costas e fui embora, para não quebrar o rosto dela como ela merecia também. Antes do último adeus, disse a ela:

— "Há semanas atrás você estava chorando, me dizendo que não tem amigos, mas você não merece amigos ... você está vazia e é malvada; Eu fiz muito por você e fiquei ao seu lado o tempo todo, quando você estava naquele hospital depois de quase morrer, e você acabou de beijar um cara qualquer porque não pode se controlar como uma puta estúpida?"

Ela friamente e sem qualquer emoção que seja respondeu:

— "Por que deveria ser grata pelo que você fez?"

— "Você é tão vazia assim? Não existe nada dentro de você? ", Eu respondi.

Ela ficou em silêncio.

Talvez tenha sido minha imaginação, mas parecia que ela estava sorrindo depois de ser esbofeteada. É difícil acreditar que alguém possa ser tão jovem e já tão doente. Agne tem apenas 25 anos e é tão vazia quanto um cadáver. Eu fui enganado antes e mais de uma vez, mas nunca vi tanta frieza nos olhos de alguém. Tantas vezes tentei abandonar o relacionamento, mas ela teve que fazer isso e me encontrar para me contar. Por quê? Eu não ficaria surpreso se o propósito de me dizer isso fosse me afastar do país para sempre. Refletindo novamente em outra situação semelhante, na qual ela confessou que estava usando um aplicativo de namoro para conhecer homens e não queria um relacionamento comigo antes de fazer sua escolha entre suas outras opções, disse a ela que iria bater em qualquer cara que visse ao lado dela, e acredito que ela deve ter dito isso para quem estava fazendo sexo com ela, pois mais tarde me diria o seguinte:

- "Todos os homens são são covardes."

Por que ela diria isso, a menos que o cara com quem ela estava tivesse medo de ser espancado e desaparecesse de sua vida por causa disso? Na verdade, ela mudou de ideia muito rapidamente, entre não querer mais me ver, para namorar outros homens, e querer voltar à minha vida. E faz todo o sentido, se ela disse ao cara que eu sou faixa preta de várias artes marciais.

Conhecendo Agne como conheço agora, não acredito que ela tenha apenas beijado alguém em um casamento porque Agne não teria me contado também sobre quantos homens ela já beijou. Ela está em um novo relacionamento e tentando me manter em modo de espera mais uma vez. Agne tem esta tendência para reduzir drasticamente e irracionalmente seus números, como dizer cinquenta ao refletir sobre o número de homens que ela beijou, e apenas cerca de dez quando se refere àqueles com quem fez sexo, mesmo que tenha convidado diretamente mais de trezentos para dormir em sua cama. Quantos mais ela convidaria em um clube para fazer sexo com ela? Ela mesma disse:

— "É muito fácil encontrar um homem em um clube para fazer sexo."

## AGNE: NA MENTE DE UMA NARCISISTA

Existem cerca de 48 fins de semana em um ano para ela se divertir, e ela criou brigas comigo praticamente de propósito a cada semana, para poder trapacear, pelo que não é difícil fazer as contas aqui. Ela me traiu muitas vezes. É por isso que ela me trata com tanto desprezo e desdém. Eu sou um completo idiota aos olhos dela.

Eu não creio que ela vá revelar que está em um novo relacionamento com outro homem, não até que tenha certeza de que esse cara não fugirá dela em breve, como outros sempre fazem. Porque, normalmente, os relacionamentos de Agne nunca duram mais do que uma noite ou alguns dias de sexo animalesco com alguém que ela não conhece e não se importa em conhecer. Agne é tão obcecada com o que os outros pensam dela, que controlar um homem como um brinquedo é muito mais importante do que saber quem ele é. Esse conhecimento só é relevante se for útil no processo de manipulação. Sei agora que suas perguntas estão sempre relacionadas com a necessidade de manipulação e controle, exatamente as mesmas palavras que ela usou para me acusar. Ela constantemente me acusou das coisas que fez, e me retratou para outras pessoas na mesma luz do que ela estava fazendo comigo, para manter a verdade escondida. Desde o começo, Agne me mostrou que não é nada mais do que uma prostituta, embora eu a tenha conhecido quando ela tinha apenas 22 anos. E a razão pela qual essa verdade me dói tão profundamente é que essa é precisamente a razão pela qual terminei o relacionamento tantas vezes com ela. Eu sabia que ela era uma vagabunda e não mudaria, mesmo que fosse difícil para mim aceitar esse fato por muito tempo. Eu estava sempre tentando seguir em frente com a minha vida, e ela estava sempre tentando me puxar para trás, com falsas promessas, lágrimas e súplicas. E eu estava naturalmente confuso, mas perdi meus amigos, minha vida social e muito mais por causa dela, incluindo minha sanidade. Pior do que tudo o que ela fez, antes de me conhecer ou durante o relacionamento, é o orgulho de ser uma prostituta. Nem mesmo quase morrendo ela mudou.

Ela me lembra das entrevistas com Pornstars, nas quais eles se consideram famosas e importantes porque chupam centenas de paus na frente duma câmera. Me deixa doente testemunhar essa verdade sobre ela. E ela não precisava fazer isso. Ela poderia apenas seguir em frente com sua vida e me deixar seguir em frente com a minha. Em vez disso, tentou me colocar na cadeia com falsas acusações, sistematicamente me socou e me chutou durante o sono, tentou me fazer perder o apartamento, tentou me colocar no meio de brigas com ex-namorados, tentou eliminar minhas contas sociais, destruiu minha vida social, flertou na minha frente com muitos homens, e traiu. Eu dei a ela muitas chances por três anos, e no final me transformei no tolo que previa que seria se estivesse com ela. Como disse a ela nesta última conversa:

— "Coloquei muitos esforços em você ... e você acabou voltando a como te encontrei: uma prostituta."

Ela nem reagiu. É como se estivesse orgulhosa de me mostrar que estava certo o tempo todo, que ela é apenas uma prostituta e sempre foi uma e não pode ser ajudada por ninguém. Ela não entendia que minha decepção estava relacionada com ela. Ela estava feliz em me ver frustrado, irritado e triste. Era como se estivesse feliz em me fazer sentir as emoções que ela deveria sentir sobre si mesma, mas não pode. É como se estivesse me mostrando que perdi três anos da minha vida, me importando com suas lágrimas, dramas, mentiras e promessas, mais o "estou sempre sozinha e não tenho amigos".

Eu a observei indo para casa de longe e ela estava caminhando como se fosse um dia perfeitamente normal como qualquer outro.

Sua vida foi facilitada porque eu estava sempre por perto como uma rede segura sempre que ela caía. Mas espero que agora ela realmente pague por tudo o que fez e merece. Agne realmente não tem ideia de como seu cérebro já está danificado ou quão previsível seu futuro pode ser por seus comportamentos. Por outro lado, se ela gosta de ser uma prostituta, então eu era apenas um idiota que tentou transformá-la em um ser humano normal, uma esposa ideal para casar. E nesse sentido, ela estava certa, como ela repetidamente me disse no último encontro:

— "Você estava tentando me transformar em alguém que eu não sou."

Eu certamente estava fazendo isso. Estava tentando mudar uma vagabunda em um ser humano normal. Se ela não mudou dos 22 para os 25 anos, nunca vai mudar agora. Eu acredito que ela está realmente muito pior. Ela aprendeu a se aproveitar dos outros, a manipular em maior escala e a usar muitos homens ao mesmo tempo para satisfazer suas necessidades sexuais. Pior do que isso, ela aprendeu a tirar vantagem de psicólogos e amigos, para se tornar uma melhor manipuladora e satisfazer seus vícios em sexo. Ela até perguntou a seus colegas de trabalho como encontraram o marido, para encontrar mais parceiros sexuais. E ela perguntou a suas amigas como controlar os homens, manter seu próprio harém sob controle. As pessoas com as quais Agne se associa a deixaram pior. Provavelmente, a inspiraram a me punir ainda mais, com consequências mais devastadoras, porque quando perguntei por que ela estava sempre me provocando para fazer vídeos da minha reação, sua resposta foi:

— "Se você me bater, tenho provas para mostrar para a polícia."

Em outras palavras, ela estava tentando fazer com que eu a espancasse de propósito para me colocar na cadeia, e para mostrar a todos em sua família que sou fisicamente abusivo. De alguma forma, ela encontrou aqui uma desculpa para evitar que as pessoas pensem que ela é louca. E porque ela estava apavorada que todos pudessem saber a verdade, se conversando comigo sobre a situação, decidiu que seria melhor me colocar na cadeia por toda a vida com falsas acusações. É assim que ela reage ao medo de que as pessoas saibam a verdade sobre ela.

Eu não gosto de violência, mas posso abrir exceções para os demônios que andam na terra, demônios como Agne. Eu teria pena dela se fosse apenas uma doença mental, mas é muito mais do que isso. Ela sabe que é má e tem prazer com isso. Ela gosta de torturar os outros, manipular as pessoas, colocá-las umas contra as outras e ver os outros se machucando. Qualquer desculpa serve para Agne fazer sexo com quem ela quiser e impedir que a verdade seja encontrada. Ela é uma psicopata fora de controle com um vício forte em sexo - um demônio na terra. E ela merecia aquela bofetada muitas vezes, ao atirar objetos na minha cara, ao me socar enquanto durmo (fingindo estar dormindo também), ao chegar em casa bêbada e me atacar, e assim por diante. Eu realmente me senti aliviado de todo esse abuso.

Agne pegou o avião para Londres na segunda-feira do dia 17, apenas alguns dias depois deste último encontro.

# As Maiores Verdades

Entendo agora de onde vem todo o ódio que Agne contra mim. Eu fui a única pessoa que descobriu quem ela é e que poderia revelar aos outros escrevendo este livro. É por isso que ela estava obcecada em me colocar na cadeia com falsas acusações de abuso físico. Eu encontrei a verdade sobre ela, i.e., que seu mundo virtual não é de forma alguma diferente do seu mundo real. Ela me traiu várias vezes com muitos homens. Ela não teve apenas dois namorados, mas muitos. Ela não teve apenas dezenas de noites de sexo com estranhos, mas provavelmente mais de cem. E ela não apenas beijou um cara aleatório em um casamento, mas começou um novo relacionamento com ele. Ela disse isso para me afastar, para que pudesse dizer aos outros que começou um novo relacionamento, porque eu deixei o país. É a estratégia perfeita, para parecer tão inocente quanto ela quer que os outros a vejam. Mas a verdade é que ela tem tentado começar outro relacionamento desde que começou um comigo. Ela nunca esteve em um relacionamento comigo. Ela não pode estar em um relacionamento com ninguém. Agne é um ser humano muito doente. Ela é viciada em sexo com vários homens diferentes e odeia o amor e a felicidade. Ela só se preocupa com ela mesma e com suas necessidades sexuais. E ela tem uma visão altamente distorcida do mundo.

Posso ver claramente agora que, entre todas as mentiras que me contou, algumas eram as maiores verdades. Ela criou brigas sempre que queria fazer sexo com outros homens, porque, em sua mente, se terminamos depois de uma briga, não é traição:

— "É normal que as pessoas traiam durante brigas."

— "Eu estava criando brigas e verificando outros caras porque não tinha certeza se você era quem queria."

—"Eu posso foder quem eu quiser e chegar em casa quando quiser, porque você não é mais meu namorado e esta é a minha casa também."

— "Eu faço o que eu quiser, porque não estou mais em um relacionamento, e posso foder quem eu quiser."

— "Eu preciso de sexo e posso fazer sexo com quem eu quiser quando estou solteira."

— "É muito fácil encontrar alguém em um clube para fazer sexo."

As razões pelas quais ela escondia de mim que estava fazendo sexo com outros homens também eram perfeitamente justificáveis em sua mente:

— "Quando um homem ama uma mulher, é normal que a aceite quando ela trapaceia."

— "Se eu mentir e você acreditar, a culpa é sua por me aceitar de volta."

— "Se você não viu, não aconteceu."

— "Se você soubesse que te traí, você nem falaria mais comigo."

— "Se você pode perdoar uma das suas ex-namoradas por traição, deveria me perdoar também".

— "Oh pobre de si, sacrifica sua vida incrível por minha causa, porque sente que quero estar com você."

— "Você merece ser enganado. Se trair você é porque mereceu."

— "Não é da sua conta com quem eu tenho sexo; Eu posso ter sexo com quem eu quiser e fazer o que eu quiser."

Se sob suspeita de trapaça, ela basicamente se torna melhor em manipular os fatos:

— "Não vai acontecer de novo, porque da próxima vez eu trarei chiclete comigo."

— "Eu estava tentando enganar você, mas esse é o passado e você deveria calar a boca agora."

Mesmo que Agne se comporte como uma prostituta comum, justifica tudo ao racionalizar os comportamentos da seguinte maneira:

— "Preciso de sexo; não posso viver sem sexo".

— "Eu não sou uma prostituta porque nunca aceitei dinheiro."

— "Eu fiz sexo com estranhos por prazer e gostei de cada vez que fiz isso."

— "Eu sabia que não iria vê-los novamente, e é por isso que dormi com eles."

— "Não há problema em fazer sexo livre quando sou solteira, não vejo uma tragédia aqui".

De fato, Agne é tão viciada em fazer sexo com homens diferentes, que não tem absolutamente nenhuma idéia do que é um relacionamento, como mostram as seguintes afirmações:

— "Eu nunca namorei meu namorado africano. Ele apenas me convidou uma noite para ir a sua casa fazer sexo com ele e eu aceitei."

— "Eu só estava tentando ver se poderia te pegar."

Ela me acusou falsamente de ser insano e fisicamente abusivo para manter sua família e amigos no escuro, longe de saber a verdade exposta neste livro, e sabia também que eu estava escrevendo este livro, o que a aterrorizava muito. E assim, tentou me colocar na cadeia para me impedir de compartilhar esta informação com o mundo. Mas a moral dessa história é realmente muito simples: você não pode fazer duma prostituta uma dama, e se tentar resgatar uma alma do inferno, atrairá todos os demônios contra você. Amar uma alma possuída pelo diabo é uma missão suicida. Isso me custou, no mínimo, minha própria sanidade e felicidade. Ela roubou de mim três anos da minha vida e eu mal notei isso porque fiquei obcecado em ajudá-la, como ela queria, permitindo-me ficar na prateleira de homens que ela poderia abusar permanentemente, mesmo enquanto trapaceia com outros. Ela nunca se interessou em ser ajudada. Isso foi apenas uma armadilha para me manter pelo maior tempo possível. Na verdade, o mundo parece ter ganho mais cor e alegria desde que ela se afastou da minha vida. Sinto que estou saindo de um feitiço, um feitiço muito horrível.

## About the Publisher

This book was published by the 22 Lions Bookstore.
For more books like this visit www.22Lions.com.
Join us on social media at:
Fb.com/22Lions;
Twitter.com/22lionsbookshop;
Instagram.com/22lionsbookshop;
Pinterest.com/22LionsBookshop.

CPSIA information can be obtained
at www.ICGtesting.com
Printed in the USA
BVHW041404210819
556430BV00010B/419/P